历史的回归

21世纪的冲突、迁徙和地缘政治

[加拿大] 珍妮弗·韦尔什 - 著
鲁力 - 译

Jennifer Welsh

The Return of History:
Conflict, Migration, and Geopolitics in the Twenty-First Century

南京大学出版社

THE RETURN OF HISTORY: CONFLICT, MIGRATION, AND GEOPOLITICS IN THE TWENTY-FIRST CENTURY
by JENNIFER WELSH
Copyright © 2016 Jennifer Welsh
This edition arranged with HOUSE OF ANANSI PRESS INC. through Big Apple Agency, Inc., Labuan, Malaysia
Simplified Chinese edition copyright © 2020 Shanghai Sanhui Culture and Press Ltd.
Published by Nanjing University Press
All rights reserved.
版权登记号：图字10-2019-458号

图书在版编目（CIP）数据

历史的回归：21世纪的冲突、迁徙和地缘政治 /（加）珍妮弗·韦尔什著；鲁力译. -- 南京：南京大学出版社，2020.2（2020.6重印）
（现代人小丛书）
ISBN 978-7-305-22687-8

Ⅰ.①历… Ⅱ.①珍… ②鲁… Ⅲ.①演讲—加拿大—现代—选集 Ⅳ.①I711.65

中国版本图书馆CIP数据核字(2019)第257239号

出版发行　南京大学出版社
社　　址　南京市汉口路22号　邮　编　210093
出 版 人　金鑫荣

丛 书 名　现代人小丛书
书　　名　历史的回归：21世纪的冲突、迁徙和地缘政治
著　　者　[加]珍妮弗·韦尔什
译　　者　鲁　力
策 划 人　严搏非
责任编辑　杨　括　施　敏
特约编辑　张少军　李　姗
装帧设计　COMPUS·道辙

印　　刷　山东临沂新华印刷物流集团有限责任公司
开　　本　787×1092 1/32　印张 9.25　字数 132千
版　　次　2020年2月第1版　2020年6月第2次印刷
ISBN 978-7-305-22687-8
定　　价　52.00元

网　　址　http://www.njupco.com
官方微博　http://weibo.com/njupco
官方微信　njupress
销售热线　（025）83594756

版权所有，侵权必究
凡购买南大版图书，如有印装质量问题，请与所购图书销售部门联系调换

"现代人小丛书"策划人言

20世纪60年代以后,全球资本主义进入消费社会时代,奥威尔在《1984》中预言的"老大哥"的普遍统治并没有出现,但赫胥黎所预言的《美丽新世界》却欣然降临,人们生活在感官刺激的消费景观中,而自己也欢乐地成为这景观的一部分却不自知。

300年的现代性给人类社会带来巨大进步,许多过去年代不可想象的权利和自由成为人类生活不可或缺的基本内容,但它的问题却也伴随着这些进步同时裸露出来,成为这个时代不可摆脱的困惑。

"现代人小丛书"的作者是一群世界一流的知识分子和专家,他们从各个不同的与日常生活紧密相关的领域或问题出发,向公众提供面对后现代社会诸多问题的基本知识和批判性思考。它不是一套传统的公民读本,它讲述的是即便人们已经有了基本政治权和社会经济权之后,现代社会依旧没有摆脱的工具理性的"铁笼"命运,而生活在其中的人们,当如何面对这些命运。在残缺的人性和不够坚强的道德理性面前,如何坚持对一种好生活的塑造。

这套书是理解今天之现代性的批判性思考,它应该成为今日社会的普遍知识,以帮助每个现代人在今天的充满困惑的生活中保持批判的理性和审慎的乐观,以及,更重要的,保持并回归真正自我的本真。

致埃莉和马克斯,
以及他们要创造的历史。

历史不断重复,因为从一开始就没人吸取教训。

——无名氏

目 录

001 第一章 历史的回归

043 第二章 野蛮的回归

103 第三章 大逃亡的回归

161 第四章 冷战的回归

235 第五章 不平等的回归

282 致谢

第一章 历史的回归

似乎每代人都有这样的幻想：自己生活在一个非同凡响的时代。我父母的那一代，经历了第二次世界大战的创伤和战后重建的奇迹。我哥哥和姐姐的那一代，经历的则是20世纪60年代末期的抗议运动，以及民权和妇女平权运动的胜利。到了我这一代，则是经历了冷战的结束。

在1989年的那个秋天，人们很难不去相信，这个世界上将要发生一些具有里程碑意义的事件。在东欧地区发生的一系列骚动并不是孤立的事件，而似乎是一个宏大历史进程的一部分——只是历史轨迹的发展走向仍不明朗。当时，我刚刚从牛津大学毕业。11月9日，我在电视上看到民主德国拆除柏林墙的画面时，立即和几个同学跳上了前往柏林的航班，去亲眼见证一个帝国的瓦解。当我们第二天到达柏林的时候，柏林墙两侧充斥着派对的气氛，几乎要爆炸。汉莎航空的空乘人员向集会者派发沙发。美国电视节目主持人——很多人当时只是第一次出国采访——吊在临时搭建的转播台上做"现场直播"。那个时代最敏锐的西方观察家，英国记者兼作家蒂莫西·加顿·阿什（Timothy Garton Ash）则将11月的那一个时期形容为

"历史上最伟大的街头派对"。[1] 的确如此。据估算，民主德国有将近 200 万人在柏林墙倒塌的那个周末前往西柏林——他们中的大多数花光了联邦德国政府送给他们的欢迎礼物：100 德国马克。当回家的时候，我带上了一块柏林墙的残片，上面绘有涂鸦。我不禁有一种身处历史中心的喜悦感。

剧变发生得如此之快，1991 年 12 月 26 日，苏联正式解体。

受这些历史性的重大事件影响，美国的政治评论家弗朗西斯·福山（Francis Fukuyama）写了一篇著名的文章，题目叫作"历史的终结"（*The End of History*）。他的中心观点是，1989 年东方和西方对抗的结束并不仅仅是冷战的结束，同样也是人类社会文化和意识形态进化终点的信号。他预测，我们将会看到传统权力政治和大规模冲突的衰落，这会将我们引向更加和平的世界。

10 年之后，冷战的结束和自由民主国家数量的持

---

[1] Timothy Garton Ash, *The Magic Lantern: The Revolution of 1989 Witnessed in Warsaw, Budapest, Berlin and Prague* (London, U.K.: Random House, 1990), p. 62.

续增加,的确显著降低了国家间战争和种族间战争的数量,难民和流离失所者的数量也大大减少。在20世纪的整个90年代,曾经的超级大国携手推动德国重新统一,终止了在非洲的"代理人战争"(Proxy War)。美国也减少了在欧洲的军事存在,推动北大西洋公约组织(NATO)东扩,接纳原先属于苏联阵营的国家加入北约。中欧、东欧和波罗的海国家拥抱民主制度,并被纳入逐渐扩张的欧盟(EU)的轨道——欧盟最早只是作为自由贸易区和关税同盟存在,但是在1993年的马斯特里赫特条约(the Maastricht Treaty)签署之后形成了统一货币,在外交政策、司法和移民问题上也加强了政治协调和合作。

多亏有了团结的安全理事会(Security Council),联合国也从冷战的阴影中解脱出来,在国际和平和安全领域发挥了更重要的作用。这一改变最初的信号,是1990年8月应对伊拉克入侵科威特,当时的联合国安理会——不再受制于美苏对峙——一致要求伊拉克无条件撤军。对美苏两个曾经的对手而言,这一合作程度堪称史无前例,用前美国国务卿詹姆斯·贝克(James Baker)的话说就是,"在半世纪之后……冷战咽下了最后一口气"。1992年1月,安理会举行了第一次首脑峰会。大使和国家元首们齐聚一堂,共同发布声明,重新确认对《联合国宪章》最初确定的集体安全目标的承诺。他们同时还授权时任联合国秘书长布特罗斯·布特罗斯-加利(Boutros Boutros-Ghali),要求他就如何提升联合国能力、解决后冷战时期的冲突并维持和平提出建议。在名为"和平议程"(*An Agenda for Peace*)的报告中,加利指出,世界超级大国之间结束长达数十年的紧张关系,给了联合国"新的力量源泉",可以用来应对国际安全中的新威胁,并发展出新的机制和能力。[1] 其结果是,20世纪90年代早期,联合国成立了人权高级专员公署(UN Office of the High Commissioner for Human Rights),用以在全球范围内促进和保障人权,同时还成立了人道主义事务协调厅(UN Office for the Coordination of Humanitarian Affairs),用以增强联合国应对人道主义灾难和自然灾害的能力。

就我自己而言,我继续沉醉在1989年神奇而又和

---

[1] *An Agenda for Peace*, Report of the Secretary General, UN doc. A/47/277, 17 June 1992.

第一章 历史的回归

平的革命荣光之中。在那些国家里,出现了民主选举。中央计划经济几乎在一夜之间转向了资本主义市场经济,宝贵的消费品——远离普通民众很长时间——出现在街头巷尾的货架上。在每一个地方,人们都相信未来注定将会和过去不同。

冷战的结束,同样也为结束跨越数十年的危机外交、核军备建设和花费巨大的干涉他国行动提供了可能性,生活在铁幕后的人也有了开启新生活的可能。在整个1992年的夏天,我在布拉格,向来自苏联和东欧地区国家热切的学生们传授西方式的自由主义。新的酒吧和迪斯科舞厅如同雨后春笋一般出现在捷克的首都,在由曾经的异见分子和剧作家瓦茨拉夫·哈维尔(Václav Havel)领导的新生民主国家里工作也让人陶醉。回首往事,这无疑是我生命中最美好的一个夏天。

即便是南斯拉夫的解体,以及由此引发的暴力冲突和残忍的种族清洗行为,也没有挑战"新世界秩序"这一说法。作为国际关系领域的新教授,我继续分析和传授新秩序所带来的新结构和机制,包括联合国维和角色的不断扩展,以及欧盟合作深度和广度的不断增加。

福山论文的核心，是对历史中的**进步**这一观点大胆而乐观的情绪。这一观点某种程度上是基于他对19世纪德国哲学家格奥尔格·威廉·弗里德里希·黑格尔（Georg Wilhelm Friedrich Hegel）著作的理解。黑格尔认为，历史的进步是通过一系列观念冲突和技术变迁引发推动的新纪元导致的。福山的观点是，历史（至少是历史学家们记载的斗争史）将终结，或者至少达到斗争的顶点。自由民主的胜利必须由三个关键因素组成：自由选举的政府、促进个人权利，以及相对宽松的国家监管。福山指出，理想的模式是"政治领域的自由民主，和经济上物资的极大充裕，可以很容易买到录像机和音响"。[1] 一旦达成了这一目标，其他的矛盾和冲突都会在现代自由民主国家的框架下得以解决。

自由民主的崛起

自由民主的胜利毫无疑问是意料之中的结论。事

---

[1] Francis Fukuyama, "The End of History," *National Interest* (Summer 1989).

实上，福山理想中的政体是伟大政治力量和特定历史时刻的产物。民主本身自然是非常古老的政治原则，这一原则似乎基于由人民（又称 dēmos）统治的朴素观念。中心观点是个人不应该被看作暴君皮鞭下毫无权力的个体，而应该可以参与制定统治制度和规则。为了达到这个目标，他们必须要有机会积极参与到政治生活之中。

纵观人类历史，这种民主制度被很多种方式以及一系列政治制度阐述。这些方式中有**直接民主**（*direct democracy*）——所有的法律都是由社会成员直接普选决定，就像2000多年前古希腊的公民通过召开集会实现的那样。其他的方式是**间接民主**（*indirect democracy*）。比如说，我们选举议会议员，议会议员代表的是选区内人民的观点，并代表他们参与制定法律。但是不管是直接民主还是间接民主，由**人民直接统治**（rule by *dēmos*）不总是被看作最好的或是最成功的政府形式。事实上，从历史发展的各个阶段看，民主曾经被很多人批评。希腊哲学家柏拉图谴责民主激发暴民统治，通过歧视和压迫的方式，多数人会将自己的意愿强加于少数人。当公元前400年，雅典人被马其顿国王征服时，民主成了一种荒谬的政治制度，并非广受赞赏。尽管有改进政治决策机制的案例——最著名的是13世纪以来英国"议会"（parliaments）的创立和扩张，数个世纪以来，政治权力都被集中在不负责任的统治者手中。在16—17世纪的欧洲，当我们的现代民族国家刚刚出现，最具吸引力的政治主张并非"人民的权力"，而是保证王权只需对上帝负责，以此获得绝对的权威。在新教改革之后，人们普遍认为只有**绝对的**主权（*absolute* sovereignty）才能战胜肆虐欧洲的无序和暴力，保证人民的生命安全。[1]相反的是，民主则被普遍看作混乱和危险。詹姆斯·麦迪逊（James Madison），美国宪法的主要设计师，一直避免使用"民主"这一定义，相反,他将民主贬低为"争论和动乱"，"通常在动乱中短命"。[2]

大约用了两个世纪的时间，民主才将自己确立为

---

[1] 比如，参见关于主权国家最早的理论家之一：Jean Bodin, *Les six livres de la République (The Six Bookes of a Commonweale)*, edited by Christiane Frémont, Marie-Dominique Couzinet and Henri Rochais (Paris: Librairie Arthème Fayard, 1986), Book I, Chapters 8 and 10。

[2] James Madison, Federalist Paper No. 10, "The Same Subject Continued: The Union as a Safeguard Against Domestic Faction and Insurrection," November 23, 1787. 参见https://www.congress.gov/resources/display/content/The+Federalist+Papers#TheFederalistPapers-10

第一章 历史的回归

政治组织中具有吸引力和切实可行的选项。对于民主的复兴而言,有两个时刻至关重要,一个是美国独立战争(1775—1783)和新美利坚合众国的成立,另一个则是法国大革命(1789—1799),革命者不仅限制国王路易十六的绝对权威,而且要将支撑王权的贵族统治制度彻底终结。根据英国政治理论家约翰·邓恩(John Dunn)的说法,就是在革命期间,"民主"从最初用来描述统治制度的名词,扩展到概括一类人的名词("民主主义者",democrat),表示支持的形容词("民主的",democratic),以及用来描述转向由人自治这一政治制度的动词("民主化",to democratize)。[1]

但这一过程并不完全一帆风顺:当法国大革命的主人公们在要摧毁什么样的制度上达成共识的时候,他们却在到底要建设什么样的社会的问题上产生了分歧。

他们中的一些人,受19世纪法国哲学家让-雅克·卢梭(Jean-Jacques Rousseau)的启发,相信真正的民主只能通过统治者直接实现人民的意愿来实现——广义上被认为是大多数人的意愿,同一个社会

---

[1] John Dunn, *Setting the People Free: The Story of Democracy* (London, U.K.: Atlantic Books, 2005).

的统治者对待所有人都要平等。在这里卢梭用了两个关于民主的概念——"一致"和"平等"——来挑战国王在制定法律和主权权威方面的神圣权力。相反，只有人民之间的自由、平等、互惠共识，才能构成政治共同体中合法性权威的基础，并提供法律的来源。[1] 因此，立法权并不属于统治者，而是属于人民，在此之后也被称为人民主权（*popular* sovereignty）。更重要的是，国家再也不被看作自然或神圣秩序的一部分，而是人类的创造，用以促进它的公民们的集体利益。[2]

当马克西米连·罗伯斯庇尔（Maximilien Robespierre）成为法国大革命的领袖时，这一模式的潜在危险通过一种血腥的方式彻底显现出来。在广为人知的恐怖时代里，他假模假样地进行公审，判处数以千计的公民死刑。在法国大革命之后，民主的支持者们要竭力解决两个主要问题：第一，由谁来决定人民的意愿？第二，如果多数人的意愿，是奴役和大规模屠杀等在道德上无法被接受的行为，应该怎么办？

---

[1] Jean-Jacques Rousseau, *The Social Contract*, edited by Maurice Cranston (New York: Penguin Classics, 1968), Book I, Chapter 6.
[2] Christian Reus-Smit, *The Moral Purpose of the State* (Princeton, NJ: Princeton University Press, 1999), p. 128.

第二类革命者,受到美利坚合众国建国之父们的启发,坚信多数人的意愿并不一定能确保好政府的实现。还有其他两类因素必须要考虑。首先,他们借鉴现代自由主义之父、英国哲学家约翰·洛克(John Locke)的观点,认为人民主权必须要由一系列基本权利加以完善,这样可以保证少数人免于多数人的暴政。第二,他们认为三个政府分支——立法、行政和司法——应该分权制衡,以避免任何一个分支滥用权力。在这一制衡体系中,独立的司法机构被看作政府架构中至关重要的一部分,可以用来防止多数人的暴政。对于个人的尊重,被看作基本的民权和政治权利,以及对于法治的尊重都成为*自由民主*(*liberal democracy*)的重要基石。正是因为这个原因,目前世界上的大多数自由民主国家都有宪法,将之作为国家行为的基础性纲领,并明确区分了政府各个分支之间的关系,以及对每个公民的基本权利做出了安排。

基本权利所导致的必然结果,就是宣称这些权利是普世的——属于全人类。这导致的另一个结果是,18世纪晚期的革命在很大程度上,同样开启了定义和关注"人性"的历史进程。这一良知和关切延伸的转折性时刻始于 18 世纪 80 年代,直至 1807 年英国议会通过法案,正式宣告废除奴隶贸易运动付诸实践。废除奴隶贸易运动是现代人道主义行动的起源——这不仅仅是一国之内的慈善行动,而且让那些生活在遥远地方的正在受苦的人得到解脱。支持这些的,就是我们的普遍人性。[1] 18 世纪晚期自由和平等观念的提出,被英国历史学家乔纳森·伊斯雷尔(Jonathan Israel)描述为"思想的革命":它使得人们彻底改变了看待和思考社会组织的方式,从一个科层制的模型转向更为平等主义和包容主义的范式。[2]

不管怎么说,这一时期涌现出的民主十分特别——是代议制民主而非直接民主。"民主"这个定义也并不是一定指按*字面*意思那样,组成一个由人民直接实施统治的政府——就和古希腊通过公民大会和公审实现的那样,而是人民通过选举选出政治代表,委托他们实施统治的权力。詹姆斯·麦迪逊指出这一

---

[1] Lynn Festa, "Humanity without Feathers," *Humanity: An International Journal of Human Rights, Humanitarianism, and Development*, Vol. 1, No. 1 (2010), pp. 3–27.

[2] Jonathan Israel, *A Revolution of the Mind: Radical Enlightenment and the Intellectual Origins of Modern Democracy* (Princeton, NJ:Princeton University Press, 2010).

政治阶层会"提炼和扩展公众的视野",摒弃普通民众的偏见,通过他们的智慧和经验,提炼出更为广泛的公共利益。而且,"思想的革命"用了一个半世纪的时间才转化为平等这一可见的表述,特别是在政治领域。民主的第一种形式,雅典城邦,等级制特征就十分明显:大约有 30000 个成年男性(约占人口总数的 10%)拥有政治权利,而奴隶、外国人和女性则没有投票权。最早期的自由民主制度也同样将大部分人排除在政治参与的范畴之外。

尽管理想的政治愿景是由人民统治,受到权力制衡的制约,但继续主导政治的,是狭义上的"人民"。还有三类群体被排除在民主之外。第一类是那些无产阶级者。富有的民主主义者,虽然人数少,但在政治上却是强有力的少数群体,他们害怕贫穷的大多数被赋予选举权——后者的诉求与富有群体完全不同。举例来说,在英国,直到 20 世纪早期,选举权才扩展到英国人口中的大多数。第二个导致政治权利被严格限制的原因是性别。尽管自 19 世纪中期以后,妇女参政的鼓吹者在政治上就十分活跃,但直到 1918 年,第一次世界大战接近尾声的时候,妇女才获得在英国和加拿大投票的权利。在美国，有一些州单独采取行动，赋予女性投票权，但直到1920年，这一基于性别的管制才被撤销。美国在当时通过宪法第十九条修正案。在其他的西方国家，妇女直到第二次世界大战结束才获得投票权。

第三个，也是最后一个限制因素是种族。尽管诸如反对奴隶贸易运动这样的早期人道主义，大多是基于人类共同尊严的理想，事实上他们只是提升了对"他者"的同情，而非实现了真正的平等。18世纪废奴主义运动中的奴隶们距离成为"人"、拥有各项民权和政治权利还有很大距离。根据美国文学历史学家林恩·费斯塔（Lynn Festa）的说法，他们没有真正的权利，"只有被剥削的权利"。[1] 少数族裔被剥夺政治参与权的情况又持续了超过一个世纪，这后来也变成了战后美国民权运动的焦点。尽管宪法修正案使得非洲裔美国人在理论上拥有了参与美国政治的权利，但是官僚机构的障碍依然高不可攀，只有很小一部分比例

---

[1] Lynn Festa, "Humanity without Feathers," *Humanity: An International Journal of Human Rights, Humanitarianism, and Development*, Vol. 1, No. 1 (2010), pp. 3–27.

第一章 历史的回归

的黑人真正参与了投票。直到 1965 年《投票权法案》（the Voting Rights Act）通过之后，非洲裔美国人才完全变成了"公民"。

因此，民主的巩固不仅仅需要一次思想的革命，而是需要很多次。民主在全球的扩张是不稳定的，也遇到过很多挫折。在 20 世纪初，全世界大约只有 10 个民主国家（根据当时的定义[1]）。在第一次世界大战之后，这一数字翻了一倍，美国总统伍德罗·威尔逊（Woodrow Wilson）就此做出了那条著名的论述，"对于民主国家而言，这场大战使世界更安全了"。但是在短短几年之内，由于经济危机（加上大萧条）和政治动乱，形势发生了逆转。波罗的海的新生民主国家和波兰均被瓦解，初生的民主在欧洲的核心地带——西班牙、意大利和德国——受到重大挫败，法西斯政府向人民承诺提供更好的秩序和更多的繁荣。与此同时，在拉丁美洲，军事政变推翻了巴西、乌拉圭和阿根廷的民主政府。

在 20 世纪 30 年代，与民主对立的政治制度，比

---

[1] 此处分析使用了牛津大学整理的《我们世界的数据》中的相关内容。参见 https://ourworldindata.org/democratisation/

如墨索里尼的意大利、希特勒的德国和斯大林的苏联的制度，看起来都比置身孤立主义的美国，以及法国和英国摇摇欲坠的民主制度更具活力，也更为成功。"人民倾向于跟随赢家"，卡根指出，"在两次大战之间民主资本主义国家看起来很虚弱，并处于守势。"[1] 这导致的结果是，到1941年世界上仅有九个民主国家，温斯顿·丘吉尔（Winston Churchill）不禁感叹一旦英国被纳粹德国征服，世界将进入"新的黑暗时代"。

正是在军事上对法西斯主义的决定性胜利，以及对日本、朝鲜半岛南部和德国等国家的占领，才使得民主在1945年之后迎来了发展的第二次浪潮。[2] 可能替代民主的社会制度都黯然失色——特别是在许多西方社会经济高速发展，中产阶级不断扩大，国家福利制度不断加强的对比之下。事实上，市场经济的崛起直接巩固了民主制度。这一现象同样有利于促进经济的发展——比如高教育水平、人口流动顺畅、法治和获取信息的便利，同样支撑了广泛而平等的政治参与。

---

[1] Robert Kagan, "Is Democracy in Decline?: The Weight of Geopolitics," *Journal of Democracy,* Vol. 26, No. 1 (2015), p. 23.
[2] Samuel P. Huntington, *The Third Wave: Democratization in the Late Twentieth Century* (Norman, OK: University of Oklahoma Press, 1991).

此外，到 20 世纪 60 年代，去殖民化的进程不断推进，发展中世界里新的民族国家不断诞生，涌现出一些新的民主政权，使得世界上民主国家的数量增加了四倍。

然而，直到 80 年代，民主才能宣称，自己比竞争者更好地满足了人类的需求。[1] 回过头来看，随着南欧国家（希腊、西班牙和葡萄牙）以及拉丁美洲一些国家专制政权的民主化，民主开始了第三波进程。

西方国家还面临着"滞涨"（stagflation，即高失业率、高通胀率和低经济增长率）的诅咒。在这个阶段，民主制度的替代者似乎还具有活力，也有很多理论家开始谨慎探讨，民主制度是否已经达到了自身的极限。[2]

又过了 10 年的时间，世界上超过一半的人类生活在民主制度之下，民主国家的数量也超过 100 个。**自由民主**——加上人民的统治、对人权的保护、法治以及自由市场——是全球政治经济主导权竞争中当之无愧的胜利者。这一胜利也使很多西方国家的政治阶级试图将自由民主的政治和经济模式推广到全世界，以加速推进形

---

[1] John Dunn, *Setting the People Free: The Story of Democracy* (London, U.K.: Atlantic Books, 2005).
[2] Samuel P. Huntington, *The Third Wave: Democratization in the Late Twentieth Century* (Norman, OK: University of Oklahoma Press, 1991).

成福山所描述的"普世的同质化国家"的进程。

进步还是反复？

福山提出这一大胆断言的四分之一个世纪之后，我们发展到了什么阶段？在西方社会内部，他的很多观察还都是正确的。一些人认为，自由民主国家的所有政治活动都处于模糊的中间状态，这样能在基于基本社会福利"安全网"的自由经济政策，以及宪法保证的基本权利及自由主义经济政策上达成普遍共识。正如德国裔美国政治理论家赫伯特·马尔库塞（Herbert Marcuse）在其著作《单向度的人》中所说，自由主义已经被证明在政治领域极具韧性。在数十年的时间里，民主制度发展出了这样一套复杂的能力：向它的批评者们提供条件自由阐述意见，并在细枝末节之处做出改革——以此排除更为极端的反对意见。很多人指出，从内部对自由民主制度做出根本性的批判几乎是不可能的，无论是极左或是极右等两极化的立场都会被反对。奥巴马在就任美国总统之前，于2009年1月在林肯纪念堂前发表著名讲话，呼吁"脱离意识形态……的独立宣言"，而前任英

第一章 历史的回归

国首相戴维·卡梅伦曾经自嘲,自己是"'什么都做不了'主义"。党派间的分歧变得越来越少,政治更关注的是"技术专家治国论的优化"。[1]

在全球层面,乍看上去,"历史的终结"似乎也颇具说服力。民主依然是最为常见的政府形式,对于那些生活在专制政权统治下的人同样极具吸引力。推进民主和人权发展对于很多欧洲和北美国家,甚至拉丁美洲以及一些亚洲和非洲国家而言,都是外交政策的基础议程——至少是在纸面上。

但如果让我们放宽视野,这一图景似乎就不太一样了。事实上,看起来历史似乎回归了。

在中东,无论是内战还是国家间的战争,都在如火如荼地进行。对于平民不加区分的、野蛮的袭击,对于宗教少数派和少数民族的清洗,以及大规模饥荒都变成了交战方战略举措的一部分。这个地区的自由民主制度非但没有巩固——这是乔治·W. 布什和他的顾问们在 2003 年入侵伊拉克的最初动机,美国的政策制定者们在伊拉克和叙利亚还面临着重大的统治失败。一些人认为,现在中东地区的冲突已经

1　Eliane Glaser, "Bring Back Ideology," *Guardian*, 21 March 2014.

冲击了 1916 年的塞克斯-皮克特协议（Sykes-Picot Agreement），而正是基于这份协议，崩溃的奥斯曼帝国才被瓜分成了英国控制区和法国控制区，日后又在此基础上形成了独立的国家。[1]

同时，俄罗斯和西方之间的分歧再次阻碍了联合国安理会发挥作用，双方更多是相互指责，而不是开展建设性外交以寻求共识。

实际上，90 年代初联合国的重生所带来的乐观情绪，也让那些成员国在无力呼吁对冲突、不稳定和大规模逃亡采取集体的决定性行动时，平添诸多困惑和失望。全球逃亡的人口数量——在 2015 年为 6530 万——甚至超过了第二次世界大战结束时的难民数量。[2] 在叙利亚问题上，国际社会缺少集体行动所带来的悲剧显现无遗。五年以来，有超过 25 万叙利亚人死亡，超过 600 万人在自己的国家内流离失所，有将近 500 万人离开叙利亚

---

[1] Walter Russell Mead, "The Return of Geopolitics," *Foreign Affairs*, May/June 2014.
[2] 流离失所者的数量，达到了有记录以来的最高水平，参见联合国难民高级专员公署，"Global Trends 2015"：http://www.unhcr.org/news/latest/2016/6/5763b65a4/global-forceddisplacement-hits-record-high.html

成为难民，而武装冲突却愈演愈烈。

但我们评估民主的总体健康程度，有一些关键的信号同样让人感到不适。一些在不久之前，还因成功实现民主转型而饱受赞誉的国家——比如说泰国或土耳其——现在出现了向专制主义倒退的迹象。即便是欧洲和北美的自由民主国家，也受制于失业率高升、经济增长放缓、日益明显的财富两极分化，因而对移民和难民越来越不宽容。2016年1月，丹麦政府再次碰触了欧洲国家的底线，通过一项法案，允许丹麦警察在难民抵达丹麦时进行搜查，没收其有价值的随身物品作为安置费用。但是，最具象征性的可能是匈牙利民粹主义政党领导人欧尔班·维克托（Viktor Orbán）采取的一系列行动，而欧尔班在25年之前，正是匈牙利共产主义和平转型的关键人物。2015年秋天，欧尔班投入1亿欧元在匈牙利与塞尔维亚的边境上设置电网，以阻止难民入境。正如加顿·阿什悲哀地指出，"欧洲原本以拆墙闻名于世，但现在墙又一次被建立起来"。[1]

当然，有些人会指出——即便福山自己也是这么

---

[1] Timothy Garton Ash, "Europe's Walls Are Going Back Up — It's Like 1989 In Reverse," *Guardian*, 29 November 2015.

做的——当我们观察一个长期的历史趋势时,不应该被短期内的现象,或是前进道路中的曲折所固化印象。一个持久的政治体系的特征就是长期的可持续性,而不是在任意一个特定时间节点的表现。[1]

尽管2008年时全球遭遇金融危机的冲击,但在过去的40多年里,经济产出总体上保持增长——不管是在哪个大洲。这一增长很大程度上要归功于贸易和投资的自由化,以及市场的力量进入之前的共产党国家。在政治领域也发生了类似的情况,从20世纪70年代中期到2010年,实行民主选举的国家数量增长了几乎四倍。这一增长不仅是因为1989年东欧发生的革命,还因为从拉丁美洲掀起的政治浪潮,并一直扩展到撒哈拉以南的非洲和亚洲。

从好的一面看,我们在中东看到的并没有驳斥"历史的终结"理论,而仅仅是路至中途。在自由民主发展历程的这个阶段,国家内发生的冲突还是"由历史原因造成的"(这就是说,并不能归咎于自由民主),或是过渡过程中导致的冲突——比如伊拉克——抑或

---

[1] Francis Fukuyama, "At the 'End of History' Still Stands Democracy," *Wall Street Journal*, 6 June 2014.

介于历史国家之间或者"后历史"的原因。这一观点认为,尽管这些冲突很让人烦恼,但不应该使我们质疑到达终极终点的必然性。

然而,我想指出的是,我们不能寄希望于这一乐观的论证——或是这一论证反映的线性思维。冷战结束25年之后,我们正在经历的政治和经济领域的负面趋势,似乎是在通往后历史世界的道路上发生了偏移,变得更像是历史的回归。

民主在国内外遇到的危机

过去的10年中,如果以选举的真实性、言论自由以及媒体自由的程度来评估,全球范围内民主国家的数量以及质量都在经历持续的下降。[1]更令人担忧的是,根据政治推动组织"自由之家"(Freedom House)的统计,民主作为世界上最具影响力的政府形式,所面临的挑战和威胁到达了近25年以来的高点。专制政权公开嘲笑民主的价值,并认为民主是缺乏信心

---

[1] Freedom in the World 2016. 报告全文参见https://freedomhouse.org/report/freedom-world/freedom-world-2016

和能力的体现。美国政治学家拉里·戴蒙德（Larry Diamond）将这一趋势形容为"民主的衰退"。由于公开的政变或者民主价值和制度的不断凋零腐败，世界范围内民主国家的数量自10年前开始下降。现在出现的不仅仅是腐败和滥用职权，而是通过先进审查技术——感谢科技的发展——实施的政府压迫，以及通过法律挤压反对派或公民社会的生存空间。[1]

在"阿拉伯之春"期间，我们看到埃及的民众大量聚集在开罗的塔希尔广场（Tahrir Square）上，反对穆巴拉克的专制压迫政权时，激动得几乎难以呼吸。但今天，我们看到埃及仍然是一个新闻自由被压制、政治反对派人物被监禁或被处决的国家。到今天，只有突尼斯——"阿拉伯之春"开始的地方——成功建立了稳固的民主政权。但民主依然脆弱，并不断遭到攻击。事实上，记者也已经指出，突尼斯是参加"伊斯兰国"人口比例最高的国家。[2] 与之相

---

[1] Larry Diamond, "Facing Up to the Democratic Recession," *Journal of Democracy*, Vol. 26, No. 1 (January 2015), pp. 141–155.
[2] Michelle Shephard, "The Daesh Files: Database Provides Snapshot of Recruits," *Toronto Star*, 30 May 2016. 参见https://www.thestar.com/news/atkinsonseries/generation911/2016/05/30/the-daesh-files-databaseprovides-snapshot-of-recruits.html

似的是，10年前，非洲国家因为政治制度改革，转向多党制和限制行政机构权力而广受赞誉。但今天，很多非洲国家的领导人——比如布隆迪和民主刚果——要求推翻宪法中对于总统任期的限制，扼杀任何阻碍他们继续享有权力的反对力量。

这一系列的发展说明，尽管民主政府——基于自由和民主选举这一最基本的定义——仍然在世界上占据主导地位，但是其他两个组成*自由*民主的关键要素——尊重人权和法治——已经供给不足。20年前，作家、美国有线电视新闻网（CNN）节目主持人法里德·扎卡里亚（Fareed Zakaria）曾经警告"非自由的民主国家"（illiberal democracy）的崛起，这一类型的政府有着大众支持的合法性，但是对于行政机构滥用权力，或是对侵犯个人权利——特别是言论自由和结社自由——没有强有力的制衡和约束机制。[1]他总结道，如果只关注政府是如何被选择出来的（比如说，是否通过投票选出），我们就会忽视一些更为重要的基础问题，比如政府追求的目标和政策是什么。"如

1　Fareed Zakaria, "The Rise of Illiberal Democracy," *Foreign Affairs*, Vol. 76, No. 6 (1997), pp. 22–43.

果民主不能维护自由和法治",他写道,结果就是"民主只是一个小小的安慰"。[1] 今天,不自由的民主不仅仅践踏本国公民的民主,还经常直接开展,或是支持相关行动,以威胁其他社会民众的安全和福祉。

随着这一顽症不断发酵,自由民主也受到更多的挤压。在很多发达的自由民主国家,对于政治制度的信任程度已经降到历史性的低点,民粹主义政党无论是在影响力还是选举投票上,都在占据史无前例的优势。这些政党已经从国家政治的边缘地位迈向舞台中央,这也引发了公众对于正常看待民族主义和排外言论的大讨论。民粹主义政党——不管是玛丽娜·勒庞(Marine Le Pen)的法国国民阵线(Front National)、海尔特·维尔德斯(Geert Wilders)的荷兰自由党(Freedom Party),还是奈杰尔·法拉奇(Nigel Farage)的英国独立党(Independence Party)——的反移民和反全球化纲领对西方政府及其创立的国际机构的合法性发起了强有力的挑战。民粹主义崛起的最新表现是英国全民公投中"脱欧派"的胜利,他们成

---

[1] Fareed Zakaria, "The Rise of Illiberal Democracy," *Foreign Affairs*, Vol. 76, No. 6 (1997), P.40.

功获得了(主要是)英国工人阶级投票者的支持,而这些人相信主流政党和精英官僚阶级忽视了他们的关切。右翼民粹主义同样影响了2016年美国总统大选,典型表现就是共和党候选人唐纳德·特朗普(Donald Trump)的迅速崛起。

民粹主义政客夺取了民主的两大核心理念。第一个是人民主权。他们都认为,在真正的民主制度中,是由人民"当家作主"。但是他们又指出,在官僚化和全球化的进程中,人民被剥夺了统治和决策的权力,并被转移到所谓的专家和国际组织中的精英手中。今天,每一个民粹主义政客的公开言论中都包括"夺回控制权"。在英国脱欧公投的第二天,奈杰尔·法拉奇宣称结果是"真正的人民、普通的人民、正派的人民"的胜利。

民粹主义者挟持的另一个民主思想是公正。正如著名的美国政治科学家西德尼·维巴(Sidney Verba)解释的,民主需要两种形式的平等。第一种是政治参与平等,或者是他所说的"平等的政治声音"。要实现这一点,不仅仅要通过普选权的普及,还需要言论自由、新闻自由、法律面前的平等地位,以及政治结社自由来体现。但是平等的声音只是平等的一部分，民主同样需要对公民利益的平等考量。简而言之，所有的声音都需要被政府听到。[1] 否则，立法者的决定就不会被视为公正或合法的。民粹主义政客坚持认为，今天的自由民主政体，已经忽视了普通劳动人民的利益，仅仅是满足那些富有的精英阶层的需求。

他们有一点说对了。自从冷战结束以来，财富的扩散——如果说得稍微客气一点——很不平等。在过去的20年中，尽管中国、印度和印度尼西亚等人口众多的国家实现崛起，全球范围内的收入不平等下降，但每个社会内部的不平等却从80年代以来迅速增长。事实上，大多数经合组织国家的贫富差距都达到了近30年来的最高点，收入最高者的财产总数占整个国民收入的比例也大大增加。到2014年年底，经合组织国家中最富有的10%的群体的财产是最贫穷群体的10倍（与此形成鲜明对比的是，在80年代这一比例为7：1）。[2] 更严重的是，金字塔尖的那一部分群体——即所

---

[1] Sidney Verba, "Fairness, Equality, and Democracy: Three Big Words," *Social Research*, Vol. 73, No. 2 (2006), pp. 499–540.

[2] OECD, *Focus on Inequality and Growth*, December 2014.

谓的 1%——占有的财富占国民收入的比例达到 30 年来从未有过的高点。

如果我们用另外一种替代的评估手段，即法国经济学家托马斯·皮凯蒂（Thomas Piketty）所说的**财富不平等**（*wealth* inequality）——即不仅仅是工资差距的不平等，更多的是多年来资本积累引发的不平等——在发达自由民主国家内部的贫富差距甚至更为尖锐。在 1945 年之后的大部分时间里，经济学家对经济增长保持乐观态度，并认为知识和技能的扩散可以防止财富集中在少数人手中。但是在很多发达经济体中，随着经济增长的速度降低，就业率和实际工资下降，这也意味着他们提升技能和资格的努力并没有转化为在经济上更好的收益。其结果是，皮凯蒂预测，我们继承的财产——而非我们通过工作取得的收入——是决定我们生活状况的决定性因素，这一点很类似 18 和 19 世纪时的情况。[1] 机会平等面临的挑战，以及社会流动的可能性，都会

---

1 Thomas Piketty, *Capital in the Twenty-First Century,* translated by Arthur Goldhammer (Cambridge, MA: The Belknap Press of Harvard University Press, 2014).

更为严峻。

在国际舞台上，自由民主的表现——在解决争端、建立和平和推进人性价值方面——同样惨淡。我们看到历史上曾经出现的大量战争难民流离失所，针对平民的暴力袭击又越来越多地重新出现。[1] 尽管今天战争数量在减少，但是在2008—2014年间，由于暴力升级，以及对于国际人道主义法基本原则的漠视，各类冲突造成的死亡人数增长了三倍。仅2014年这一年，各类冲突造成的死亡人数就达到100000人——这也是20年来的最高水平。[2] 国际人道主义法确立于1945年之后，主要目的就是防止未来有人发动"全面战争"，特别是针对普通平民的战争。国际人道主义法包含一系列的限制原则，确保军事行动时充分考虑到普通人在武装冲突期间的生活。更具体的是，它要求冲突中的各方鉴别平民（以及学校等平民目标）和军事目标，

---

[1] Institute for International Strategic Studies, *Armed Conflict Survey* 2015. 参见https://www.iiss.org/en/topics/armed-conflict-survey/armed-conflict-survey-2015-46e5

[2] Eric Melander, "Organized Violence in the World 2015: An Assessment by the Uppsala Conflict Data Program," Uppsala, 2015. 参见http://www.pcr.uu.se/data/overview_ucdp_data/

确保给予开展人道主义救援的人士保护和通行的便利，并尊重保护医院设施的地位。

在最近的一系列武装冲突中，平民遭遇的暴力达到了第二次世界大战之后闻所未闻的程度，冲突各方还在相互较劲，看谁更能突破底线。[1] 在今天的武装冲突中，下列事件越来越常见：在人员密集区域使用爆炸性武器，对学校、市场、医院和医护人员发动袭击，针对关键民用基础设施发动袭击（包括水处理设施），以及拒绝人道主义救援人员携带救援补给物资进入平民集中被困地区。平民所遭遇的这些伤害，不是由所谓"战争迷雾"导致的不可避免的悲惨后果，而是交战方刻意选择的结果——其中一些还得到了西方政府的支持。2016年1月初，叙利亚迈达亚（Madaya）瘦骨伶仃、饥饿的儿童的照片被媒体披露，让很多西方国家加大了对叙利亚政府和反政府武装的施压力度，推动双方重新回到谈判桌上。但是这些平民的境遇仅仅是冰山一角：2014—2016年间，叙利亚每天被武装冲突围困的民众数量在45万—65万。

---

[1] "Civilians Under Fire," *Interaction*, Policy Brief, February 2016. 参见http://www.interaction.org

历史回归了,却又与以往有所不同

过去五年发生的这些现象,不仅仅是西方自由民主模式前进道路上所遇到的坎坷,以及在这样的过渡时期所发生的特定案例。事实上,这些现象对于西方自由民主制度的可持续性构成了根本性的挑战,同时也给西方自由民主国家的领导人提出了困难但很重要的问题。同时,这些现象也给冷战的结束,以及"历史的终结"理论所承诺的和平的未来打上了问号。最重要的是,这些现象提醒我们,重新回到过去为建立自由民主制度所经历的艰苦奋斗,以及做出这些决定和妥协——不管是在国内层面还是国际层面——以保证能够有效管控不平等、尊重不同意见、限制战争、权力服务于集体利益而非某些狭隘的目标。

在接下来的几章里,我会着重介绍 21 世纪历史回归的几个不同层面。在下一章《野蛮的回归》中,我会分析国家和非国家武装势力采取的战略和战术,是如何无视现有的国际人道主义法律原则,并将普通平民的生命置于越来越危险的境地。在第三章《大逃亡的回归》，我将分析当前史无前例的难民危机的本质，以及展示新的墙是如何在欧洲大陆内外建立起来的。第四章《冷战的回归》，将讨论俄罗斯总统弗拉基米尔·普京地缘政治的回归，以及他独特的"主权民主"（sovereign democracy）是如何通过复苏冷战的方式挑战西方。在最后一章《不平等的回归》中，我会讨论历史是如何在西方自由民主社会中回归。我将指出经济不平等的大幅增加，以及其对于公正价值的打击，从各个方面来说，都是对我们持续稳定和繁荣最为严峻的威胁。

当我们重新回顾福山关于"历史的终结"的描述，需要记住的是，福山的观点并不完全是胜利主义者的论调。有些时候，还带着一点点的忧郁和悲伤。在后历史时代，他认为史诗般的奋斗塑造了历史，并在过去的一代人中培育了勇气和理想主义，最终也将被笨拙的官僚主义和更为复杂的消费主义形式所取代。一旦政治上所有的大问题都得以解决，就像美国历史学家沃尔特·拉塞尔·米德（Walter Russell Mead）所指出的，人类看上去就开始类似哲学家弗雷德里希·尼采（Friedrich

Nietzsche)所描述的虚无主义的"最后的人":"限于自我陶醉中的消费者除了去商城之外,没有更大的渴望"[1](或许在很多情况下,是去网上购物)。

然而,我们今天所拥有的,只是这个故事的一个版本。一方面,与社会共存的自由民主核心理念仍然深深地根植于历史之中。正如沃尔特·拉塞尔·米德观察到的,那些似乎已经超越历史的人没有能力理解那些"历史的太阳依然照耀着的国家"的动机,同样也无法采取反制战略。[2] 2014年俄罗斯吞并克里米亚之后,在与美国总统贝拉克·奥巴马的电话中,据称德国总理安格拉·默克尔曾经说过,弗拉基米尔·普京"生活在一个完全不同的世界"。但是普京确实是我们这个星球和这个世纪重要的一部分,地缘政治和领土的重塑再次变成了"活生生的"范例。另一方面,正如我所展示的,历史正在敲自由民主的门——通过不断扩散的暴力和贫穷的形式——并威胁从内部实施颠覆,所用的手段则是极端的不平等和愤怒的民粹主义

---

[1] Walter Russell Mead, "The Return of Geopolitics," *Foreign Affairs*, May/June 2014. 参见https://www.foreignaffairs.com/articles/china/2014-04-17/return-geopolitics

[2] 同上。

政治，西方国家一些城市里发生的外部势力刺激的恐怖主义袭击也是典型案例。

贯穿接下来几章的主要是三个主题。第一，如果历史正在回归，那么必然带着当前的特色。历史从来不会完完全全地重复自己。所以当"伊斯兰国"(ISIS)用刀割下敌人的头颅时，这一行为是中世纪野蛮暴力的回归。与此同时，"伊斯兰国"还利用社交媒体招募"圣战"分子，并传播其罪行的照片。当难民和寻求庇护者跋涉数日以抵达边界，或是乘坐破旧的小船横跨大海的照片提醒我们历史上出现的大逃亡时，这些难民们也同样在用智能手机和社交网络，准确及时地获取信息，以躲避边境管控，或是了解目的地的天气情况。

我的第二个主题，是关于当前如何使用历史。冷战的结束使我们加速进入一个全世界的人都在超越其历史的时代，今天的全球体系却给那些积极想回到历史的人提供了便利。

当前活跃在叙利亚和伊拉克的"圣战"分子同样有着怀旧气氛，他们想重绘中东地区的地图，并重建由他们18世纪的英雄哈伦·拉希德（Harun al-

Rashid）统治的哈里发帝国（他们故意忽视了这个哈里发帝国是以对什叶派和其他宗教少数派的宽容著称）。[1] 在其他地区，比如在印度这样的被定义为和平的国家，历史正在为保守派针对现代化的反击推波助澜，典型案例就是对少数族裔的仇恨以及对妇女自由的限制。为了保持过去的记忆，今天历史的使用者们并不直接宣称他们有什么或是他们失去了什么。相反，正如英国小说家和记者阿蒂西·塔西尔（Aatish Taseer）指出的，他们制造出了一些更为激进和更不稳定的事件。[2]

尽管当代西方自由民主的基础出现了裂痕，很多人仍然坚持认为没有其他可行的替代品，所有潜在的候选政治制度——君主制、法西斯主义以及其他各种各样的极权主义——的信用都已破产。我们生活在一个没有真正反对制度的社会，即便是想象另外一种经济和政治体系，看起来都是不可能的。那些拒绝承认自由，并对他们的政治对手采取暴力手段的人，在口

---

[1] William McCants, *The ISIS Apocalypse: The History, Strategy and Doomsday Vision of the Islamic State* (New York: St. Martin's Press, 2015).

[2] Aatish Taseer, "The Return of History," *International New York Times*, 12–13 December 2015.

头上还是经常使用民主一词。所以尽管"我们还没有到那",相关观点指出,我们需要记住福山的主张最终是关于统一标准规范的,即对于自由民主的渴望会传染。在观念层面,他确实可以宣称胜利。正如他在2014年时所写的,"俄罗斯和阿亚图拉的伊朗都对民主理念表示尊敬,即便他们在实践中践踏民主制度"。[1]

但是民主这一观念却变得静止和僵化。如果每一代人都不去理解巩固这一观念的基础,民主也很难彻底实现。因此,我的第三个,也是最后一个主题,是历史的回归应当提醒我们,我们现在所生活的自由民主社会并不是应得的——同样需要牺牲、妥协和领导力,作为个人,我们每一个人都必须发挥更积极的作用,以维护这一制度,并促进其发展。

归根到底,在人类历史上占据时间最长的政治形式,是专制而非民主。从过去的经历中,我们也知道自由是可以被逆转的。1848年——一度被称为"人民的春天",自由主义革命席卷意大利、法国、德国和

---

[1] Francis Fukuyama, "At the 'End of History' Still Stands Democracy," *Wall Street Journal*, 6 June 2014. 参见http://www.wsj.com/art icles/at-t he end-of-historystill-stands-democracy-1402080661

奥地利帝国，把国王和王子们赶出王宫，胁迫他们退出政治。但是革命成果是短暂的，王权发动了迅猛的反革命。革命的失败是内部因素和外部因素相互作用的产物：自由主义运动内部的支离破碎，专制王权强大的军事力量和摧毁革命的决心（特别是俄国和普鲁士），以及英国和法国的中立态度，即罗伯特·卡根指出的，"更在乎维护大国之间的和平，而非为自由主义同伴们提供支持"。[1]

20世纪初，当世界在第二次世界大战期间面临法西斯主义的挑战时，也只是少数国家的决心，使得自由民主得到复兴。但是自由民主的演进过程，同样也离不开勇敢的个体所扮演的角色。

通过《新闻周刊》（*Newsweek*）记者迈克尔·迈耶（Michael Meyer），我们现在知道在11月9日那天，有两个人做出的关键决定，无意间导致了柏林墙的开放。[2] 第一个是民主德国政治局的发言人，他原来要在新闻吹风会上宣布民主德国的每个公民都被允许持有

---

[1] Robert Kagan, "Is Democracy in Decline?: The Weight of Geopolitics," *Journal of Democracy*, Vol. 26, No. 1 (2015), p. 23.

[2] Michael Meyer, *The Year that Changed the World: The Untold Story Behind the Fall of the Berlin Wall* (New York: Simon and Schuster, 2009).

一本护照。就在晚上7点前,当被记者问到这一决定何时生效时,发言人——之前一直在休假——大吃一惊。他稀里糊涂地说,"立刻"。这一新闻当时正在被电视媒体现场直播,立即被民主德国民众(一向从反方向理解政府意图)理解为政府允许他们离开民主德国。因此他们蜂拥出发,冲到民主德国和联邦德国之间的各个检查站点。在其中的一个检查点,"查理"检查点(Checkpoint Charlie),另一个人——一名民主德国的边境守卫——做出了第二个至关重要的决定,同样产生了意想不到的结果。当时,他一边紧张地注视着那些正在向柏林墙检查站行进的人群,一边着急联系上级试图获取行动命令。过了晚上11点,数次电话联系未果以后,他耸了耸肩,下令"开门"。剩下的,正如他们所说,就是历史了。

诸如"历史的终结"这样的宏大叙事,并没有很好地评价个人在其中的作用。他们同样也忽视这样一些事实,即倾向于认为很多历史事件是不可预测的,或是不可能预测的(即便是在复盘时,他们也认为历史是不可避免的)。柏林墙的倒塌和德国的重新统一就是两个典型案例。另外一个典型例子,就是罗马帝国的崩溃。如果我们一直这样模糊地处理下去，被"我们的模式是最好的"这样的假设所麻痹，以为当下的这些挑战或许最终并不会击溃我们，认为世界上的其他人也会"想要我们所想要的"，那么我们最终将无法做好准备，以应对未知的冲击，或是业已显现的政治制度衰落的信号。

在相对短暂的历史上，自由民主制度已经克服了很多危机。但是由于西方社会的统治者以及被统治者的自鸣得意，这一应对危机的能力也已经被麻痹。[1] 我们在过去的相对成功导致了盲点的出现，并有可能在下一个十年甚至更长的时间里，将我们带入更大的政治及经济混乱之中。历史回来了，回来复仇。

---

[1] David Runciman, *The Confidence Trap: A History of Democracy in Crisis from World War I to the Present* (Princeton, NJ: Princeton University Press, 2014).

第二章　野蛮的回归

2014年夏天，所谓的"伊拉克和叙利亚伊斯兰国"（ISIS），即阿拉伯语中被称作"达阿什"（Daesh）的恐怖组织对伊拉克北部尼尼微省的平民实施暴行，这里也是伊拉克少数族裔和宗教少数派的聚集地。"伊斯兰国"一边向城市、乡镇和村庄挺进，一边系统性地清除数个世纪以来这一地区的社区和传统，处心积虑地毁灭祭坛、神庙和教堂，一边用武力逼迫当地居民改信伊斯兰教，在广场公开处决社区和宗教领袖，绑架妇女实施性奴役，并强迫年轻的男孩参加"伊斯兰国"战斗。尽管确切的死亡人数尚未可知，但是至少有80万人被迫流离失所。

"伊斯兰国"的怒火特别针对雅兹迪人（Yazidi）——一个说库尔德语的少数族裔，信奉自古波斯帝国时期起流传至今的宗教，其中还掺杂了基督教和伊斯兰教的因素。"伊斯兰国"的英语杂志《达比克》（*Dabiq*）指责雅兹迪人是"信奉恶魔者"，并宣称雅兹迪人的多神制宗教无法与"伊斯兰国"对于伊斯兰教极其严苛的阐释并存，必须要被铲除。其他的少数族裔，比如基督教和犹太教，可以通过交税（the *jizya*）的方式避免改信宗教或死亡，雅兹迪人则成了明目张胆的种族清洗的受害者。

在 8 月的第一周，在遭受饥渴难忍和被"伊斯兰国"恐怖分子围困在辛加尔山（Mount Sinjar）崎岖陡峭的山脊上之前，大约有 4 万名雅兹迪人成功逃离家园。联合国的人权官员回忆，当时曾接到被围困的雅兹迪母亲们的绝望的电话，因为害怕被"伊斯兰国"俘获被迫成为性奴，她们表示如果国际社会不来援助，将先杀了自己的女儿，然后再自杀。最终在 8 月 7 日，美国总统贝拉克·奥巴马批准了保护性的空袭行动。在全国电视讲话中，奥巴马称，不会允许在自己的任期内出现大规模种族灭绝屠杀。8 月 14 日，叙利亚库尔德武装在美国的空军火力支持下，为雅兹迪人建立了一条撤退通道，使他们能安全地从辛加尔山上撤出。但是，也有很多人在辛加尔山上遇难，大多数撤出的人同样还要继续面临动荡和危险。[1]

"伊斯兰国"对雅兹迪人犯下的系统性残忍暴力行径，也同样发生在伊拉克和叙利亚的其他少数族裔

---

[1] " 'Our Generation is Gone' — The Islamic State's Targeting of Iraqi Minorities in Ninewa," *Bearing Witness* Trip Report, U.S. Holocaust Memorial Museum and Simon-Skjodt Center for the Prevention of Genocide, November 2015.

身上，而这些却与2011年年初，即"阿拉伯之春"的早期很多评论家描述的中东有着天壤之别。出于个人勇气引发的象征性行为——蔬菜商穆罕默德·布阿齐齐（Mohammed Bouazizi）因为抗议警察腐败，在省政府门前自焚——引发了全突尼斯境内的非暴力抗议行动，最终迫使长期掌权的总统宰因·阿比丁·本·阿里（Zine al-Abidine Ben Ali）流亡海外，随后引发了全中东的多米诺骨牌效应，埃及、巴林、也门、叙利亚也都发生了大规模的民众起义，不仅将数百万人拖入了混乱之中，似乎中东地区也将会像福山预测的那样，成为下一个成功地向自由民主制度过渡的地区。

然而，五年之后，这些公民抗议行为所带来的民主崛起，似乎已经出现逆转，不仅之前的腐败政治模式和高压专制政权得以维持和加强，更引发了新一波的政府镇压、内战和血腥教派冲突。这一波混乱的程度之深，以及恐怖组织借权力真空之便建立新的政权，甚至让很多人回想起了过去中东专制秩序之下的"好日子"。2014年全球恐怖袭击所造成的死亡人数——32685人——超过了之前所有的记录，比刚进入21世纪时的数字要高九倍。这一死亡人数主要集中在五个（非西方）国家，其中居于榜首的是伊拉克。[1]

但是有一些人，却将这一阶段的不稳定视为"没有痛苦就没有收获"的证据——从名义上说就是，政治转型不能一蹴而就，失败挫折是不可避免的，民主进步需要遭遇一定程度的损失。政治学家谢里·伯曼（Sheri Berman）指出，很多革命，包括1789年的法国革命和1917年的俄国革命都有不利的"反作用"，并将两国社会带入暴力和反暴力的循环之中。根据这一观点，这些问题不应归咎于民主模式，或者普通民众的"不成熟"及其无法承受民主制度；相反，这些问题在于之前体系中的规则的病态和分裂策略，以及被压抑的不信任感和仇恨。"甚至每一个失败的民主实验"，她写道，"通常都是国家政治发展中的关键阶段，可以逐渐拔除过去社会、文化和经济遗产中的反民主成分。"[2]

对于这种关于政治发展**长期性**（*longue durée*）的

---

[1] *The Global Terrorism Index 2015,* Institute for Economics and Peace. 参见http://economicsandpeace.org/wp-content/uploads/2015/11/Global-Terrorism-Index-2015.pdf

[2] Sheri Berman, "In Political Development, No Gain Without Pain," *Foreign Affairs*, January/February 2013.

看法，存在三个问题。第一，这种看法认为暴力动荡——我们可以委婉地称之为"挫折"——是为了服务更大的目标：自由民主制度的最终胜利。但在现实中，暴力可以成为（以及阻止）各种各样并非不可避免的事件的驱动力，而其发展方向也难以预测。比如在叙利亚和伊拉克，暴力活动挤压了非暴力活动的空间，导致很多普通人为了保全性命，加入极端主义组织。叙利亚的内战受"阿拉伯之春"影响，由和平抗议引发，最初只是呼吁政治改革，结束警察暴力。即便是在叙利亚内战最如火如荼的时候，叙利亚非暴力运动仍然在运作——克服了绑架、拘押以及死亡的威胁。他们记录侵犯人权的事件，并出版小册子和杂志，与此同时，他们还竭力维持"正常"生活。在2016年3月的短暂停火期间，数以百计的叙利亚人再一次在街头举行和平示威，表达他们反对暴力的意愿和要求。

第二，这种"没有痛苦就没有收获"的理论认为，当前在中东严重的教派冲突很大程度上是"命中注定"的，并非本土行为体活动所导致的结果，亦非受西方政策蛊惑的影响。2003年，美国率领多国联军入侵伊拉克，本意是遏制萨达姆·侯赛因所谓的大规模杀伤性武器的威胁。最初,美国宣告这一行动胜利——代表性事件就是乔治·W. 布什总统在"林肯号"航空母舰上著名的"任务完成"的演讲,但是在此之后,美国很快就陷于武装反叛、持续战斗和教派冲突的泥潭。英国政府最初于 2009 年启动对伊拉克冲突经验教训的反思和总结,并在 2016 年 7 月发布调查报告,指出美国和英国匆忙介入伊拉克是基于有疏漏的情报,同样也对两国对于战后重建的准备不足做出严厉批评。调查委员会主席约翰·齐尔考特爵士(Sir John Chilcot),坚决反对两国政府无法预见到伊拉克战后乱局的说法。英美在伊拉克遇到的很多困难,是在联军"成功"结束军事行动之后发生的——包括内乱、地区动荡和暴力极端主义的兴起——"已经被,或者应该被,提前预见"。[1]

第三,政治发展主义者的宏观视角,掩盖了我们这个时代以及正在经历民主化地区的具体细节。特别是,这一宏观视角并没有帮助我们理解在"阿拉伯之春"的抗议运动之后,什么是最严重的问题,以及谁是最大的受益人——坦率地说,就是"伊斯兰国"。

---

[1] *The Iraq Inquiry*, July 2016. 报告全文参见 http://www.iraqinquiry.org.uk

第二章 野蛮的回归

2011年,美国完成从伊拉克撤军时,曾经一度认为已经对本土的反叛势力和暴力极端分子进行了足够沉重的打击,可以防止其"东山再起"。但是仅仅三年之后,"伊斯兰国"就占据了伊拉克和叙利亚的广阔地区(其中还包括伊拉克的第二大城市,摩苏尔);通过残忍的方式征服了大量民众,包括公开石刑、剁手、把人钉在十字架上;强奸妇女和女童,强迫其成为性奴;强制招募8岁到16岁的儿童加入"伊斯兰国";取代"基地"组织成为世界上最猖獗的"圣战"组织。

公然蔑视人道主义法

"伊斯兰国"针对普通平民的广泛的系统性袭击,已经被联合国人权高级专员形容为"对于全人类的罪行"。[1] 在过去的150年中,特别是在过去的30年中,各国政府下了大力气,投入很多政治资源,建设加强遏制战争的国际法律框架,用以推进平民保护和"鉴

---

[1] Report of the United Nations Office of the High Commissioner for Human Rights on the human rights situation in Iraq in light of abuses committed by the so-called Islamic State in Iraq and the Levant and associated groups, A/HRC/28/18, 13 March 2015.

别"的原则——要求冲突中各方明确区分战斗人员和平民,只能对战斗人员发动直接攻击——以此保证冲突中的平民能够及时获取人道主义援助,并设立国际法庭审判严重违反国际人道主义和人权法的行为。不管是民主的政府,还是不那么民主的政府,都支持这些取得的进步。但是,自由民主政府特别热衷于推广这些原则,并在各个事件中大力推动,以保证这些原则得到实施。更重要的是,正如我在第一章中提到的,战争法是从上一代的人道主义运动中产生的,对于自由民主模式的建立起到了非常重要的促进作用。

关于战争是否能够,以及是否应当被规范,在历史上就是一个被反复讨论的问题。所有的宗教和文化中,始终有观点认为战争中的杀戮是无限的,抢夺、强奸、虐待、监禁仅仅是战争的一小部分。不少政治领导人,以及他们的军事副手,同样认为这样的暴力在战争的伦理中是不可或缺的,也都能找到充分理由为战争中的暴行辩护。1864 年美国内战期间,北方联邦的威廉·特库姆塞·谢尔曼将军(General William Tecumseh Sherman)下达著名的命令,要求军队炮轰亚特兰大,并强迫剩下的亚特兰大民众离开家乡。谢

第二章 野蛮的回归

尔曼将军——以"战争就是地狱"的论断著称——指出攻击敌人的战斗人员,以及打击广义上参与战争的平民(比如提供武器弹药和食品的平民),不仅是必要的,也是合法的。他将战争延伸至平民的基础设施,由此他也相信,北方联邦打击南方邦联普通民众的士气,会帮助北方尽快在战场上取得胜利。

但是,与这一观点共存的,还有另一种虽然不是那么有力,但也能站得住脚的观点,就是人道主义支持者雨果·斯利姆(Hugo Slim)[1]所说的"克制的伦理",呼吁在战争中死亡的人与被其他方式杀死的人之间应有明确的界限。这一观点认为,苦难是战争导致的一个重大问题,却并不是一个不可避免的问题。

这一观点的雏形,可以在各种各样的宗教和世俗传统中找到。但是可能在所谓的"正义战争"(Just War)传统中更为明显,四世纪晚期的神学家圣奥古斯丁,在罗马帝国崩溃之际的著作中,也提到了这一传统。奥古斯丁面临的问题是,如何解释写入基督教经典的禁止杀戮的问题,特别是在罗马皇帝君

---

[1] Hugo Slim, *Killing Civilians: Method, Madness and Morality in War* (London: Hurst, 2007).

士坦丁改信基督教之后。然而,古代的罗马人认为,对于威胁到罗马帝国生存的战争是合法的,奥古斯丁指出,在战争中使用武力只能是对非正义行为的惩罚性措施。如果以正义之名使用暴力,并由授权机构(在中世纪的大部分时间里指的就是信奉基督教的皇帝或者教皇)宣布实施,暴力就可以成为合法的行为。因此在这种情况下士兵不会是肆无忌惮的杀手,而是法律的化身。[1]

这种战争的方式自然也存在问题,双方都会说自己是为正义而战。一旦失败了,他们将受到加倍的惩罚,因此战士们往往会拼死奋战。在 18 世纪中期,瑞士法学家和哲学家埃梅里希·德·瓦特尔(Emmerich de Vattel)就指出,在战争中对于"输家"缺少保护,因此正义不仅应该关注战争的原因,还有行为。这一阶段世界上所涌现出的主权独立国家受到统一的基督教国家衰落的冲击,统治者再也不能将自己当作另一个国家的裁判。相反,交战方需要形成共识和规则,

---

[1] Richard Tuck, *The Rights of War and Peace: Political Theory and the International Order from Grotius to Kant* (Oxford, U.K.: Oxford University Press, 1999).

第二章 野蛮的回归

以决定如何作战——对于双方平等适用。战争的规则也由此发展出很多细则，比如保护战俘、观察休战旗，以及禁止酷刑。

我们当代遵循的关于武装冲突以人道主义行动的相关法律法规，都可以追溯到战争的原因中。1862年，瑞士金融企业家亨利·杜南（Henri Dunant）撰写了著名的《索尔费里诺回忆录》（*Souvenir de Solférino*），作为目睹1859年奥匈帝国皇帝弗朗兹·约瑟夫，对阵由拿破仑三世和维克托·伊曼纽尔二世（Victor Emmanuel II）率领的法国和撒丁联军这一史诗般决战的见证。这场战役是统一意大利的民族主义斗争中至关重要的一章。当时的意大利被法国、奥地利、西班牙以及各种各样的意大利城邦国家分割，这也是最后一场军队在国王个人领导之下进行的战役。

杜南生动地描绘了索尔费里诺战役一天之后，他在战场上的所见所闻，打破了之前欧洲国家的文人墨客们对于战争的浪漫幻想，并引发了关于战争的深入探讨。正如耶鲁历史学家约翰·法比安·威特（John Fabian Witt）记载的，杜南聚焦的是道德关注，即"战斗造成的伤亡，使我们更为关注那些将士兵们带上战场的热情、命令和计划"。事实上,杜南明白无误地指出,没有什么理由值得为这样肆无忌惮的死亡和毁灭张目。[1]

在接下来的一年里,杜南完成了他的使命——创建组织来照顾伤兵,该组织成为国际红十字会的前身,这也是我们现代人道主义救援的雏形。在此之前,一般由村民和宗教人士非正式地照顾在战争中受伤的人,而杜南的组织则创立了正式的、对国家形成约束的人道主义救援行动。这一组织是受各方信任的中立第三方机构,战争中的各方也都承认其地位。这一行动的目的是应对战争带来的苦难,也并不会区分受苦的人到底属于哪个阵营。1864年,在日内瓦召开的外交会议——即第一次日内瓦会议——是对战争进行规范的里程碑式的事件。在会上,12个欧洲国家确认救护车和军队医院在战争中的中立性和不可侵犯性,允许他们在战场上抢救伤病员。在之后的1899年海牙会议和1907年海牙会议中,参会

---

[1] John Fabian Witt, "Two Conceptions of Suffering in War," in Austrian Sarat, ed., *Knowing the Suffering of Others* (Tuscaloosa: University of Alabama Press, 2014), pp. 129–157.

第二章 野蛮的回归

各方试图进一步约束对特定毁灭性武器的使用,并给予战俘更多保护。

如果说战争的规则最初只是聚焦于士兵和战俘的境遇,《日内瓦公约》及实践,与提供人道主义援助的组织一道,之后便开始关注战争中"非战斗人员"(non-combatants)的遭遇。在第一次世界大战期间,交战双方的非战斗人员都遭遇了逃亡、大规模屠杀、饥饿和疾病,这一运动也得到进一步的加强。在战争结束之后,非战斗人员在战争的伦理和实践中的重要性都得到提升。最重要的是,他们得到了我们今天尤为重视的称呼。在1914年之前,对于非战斗人员有很多种称呼,比如"非武装居民"(unarmed inhabitants)、"非战斗人员"(non-combatants)、"敌方平民"(the enemy population)或者"占领人口"(occupied population),等等。在20世纪20年代,红十字会以及其他的人道主义组织开始使用"平民"(civilians)的定义,以此将对方的普通民众与军事人员区分开。他们同样将自己的行动,包括提供医疗援助、卫生设施、食物和防御设施,延伸到所有被战争影响的平民。[1]

在关注平民所遭遇苦难的同时,这些组织也同样着手准备国家法的雏形,即 1863 年的《美国利伯守则》(the American Lieber Code of 1863),这一守则最初是用于在美国内战期间,规范北方联邦军队的行为(后来被欧洲法学家借鉴,并用于 1870—1871 年的普法战争中)。守则的主要内容,由一名曾经参加过拿破仑战争的普鲁士军官弗朗西斯·利伯(Francis Lieber)执笔撰写,对于保护非战斗人员及其财产给予了更多的关注。利伯不仅禁止针对非战斗人员不必要的暴行、强奸和抢掠,同时还发明了称之为"军事必需原则"(principle of military necessity)的准则。在威特对于准则的权威研究以及在内战期间的实践中,他说明了战争中所必要的理性,是如何反映出对战争所受苦难根深蒂固的看法——这也与杜南更为泛泛的看法格格不入。对于利伯而言,并不是所有的苦难都是一样的;有些是为了更高的政治目标,其中包括,从历史的视

---

[1] Hugo Slim, "Civilians, Distinction and the Compassionate View of War," in Marc Weller, Haidi Willmot, and Ralph Mamiya, eds., *The Protection of Civilians in International Law* (Oxford, U.K.:Oxford University Press, 2015).

角看，从"野蛮人"手中拯救西方文明。简而言之，在某些情况下，战争的目的是最终**减轻**苦难。[1]

对于战争的目的和方法之间的关系存在着不同解释。在威特看来，这一哲学并不是"放之四海而皆准"以免除苦难的，而是强调了在特定背景下，对于暴力应该采用何种层次的背景判断的重要性。如果在军事上的确是必需的，那么军队可以——举例来说——强迫平民忍受围城，或是轰炸历史纪念碑、文化设施之苦。这一逻辑在"二战"的关键时期表现得尤为明显，当时，同盟国政府决定轰炸德国城市（炸死数以万计的平民），美国政府在经过一番损失考量后，决定用原子弹轰炸日本城市，以缩短太平洋战争的进程，避免向日本部署更多的盟国地面部队。

关于战争的苦难有两种观点：一方认为，应当不惜一切减轻由战争带来的苦难，而另一方则认为，是否减轻苦难，应该视战争的目标而定。这两种表述都能在1949年的日内瓦会议，以及1977年的附加决议中被发现。而日内瓦公约的法律主体，则在今天的国

---

[1] John Fabian Witt, Lincoln's Code: *The Laws of War in American History* (New York: Free Press, 2012).

家军事事务中占据主导地位。简而言之，我们当代的战争法试图在军事需要和人道主义考虑之间达成平衡，而这两者不论在何时何地，都有相互冲突的可能。我们用来描述这一法律的名称——国际人道主义法——也证实了这一"双重遗产"。一方面，这一原则的确写进了附加条款 I 和 II 之中，另一方面，利伯关于军事必需性的观点，也是建立在日内瓦公约之上，并作为攻击合法军事目标的法理基础——甚至即便这样的攻击会对平民造成严重后果。

现代人道主义法的微妙平衡，要求国际武装力量和各个组织机构的每一个组成部分都保持高度警惕，并为他们在战争期间的所作所为负起责任。如果没有这样的法律，那么交战各方尊重战争中合法行为的共同利益——被双方共同遵守的法律——很快就会被毫无节制的屠杀侵蚀。自 1945 年以来，西方自由民主国家的政府一直在大力推广国际人道主义法，并鼓励签署相关条约。与此同时，西方国家的武装力量还费了大力气，帮助训练其他国家的军队，以达到西方的标准和要求。当然，这并不是说西方国家一直都遵循国际人道主义法；他们违反战争法的行为，不管是法国

第二章 野蛮的回归

军队在阿尔及利亚战争期间的所作所为，还是美国军队越南战争期间在美莱（My Lai）的屠杀，都在历史上留下了恶名。但是自由民主国家的确采取了很多实际举措，以践行他们制定的法律原则，比如为陆军、海军、空军分别制定行为准则；在区别和比例原则的基础上，为每一场战役制定交战规则；并对违反战争法的战争罪犯实施惩罚。

在内战中是否还适用战争法倒是一个难题。事实上，国际上常规军事冲突（两国之间的战争）的法律框架，以及非国际武装冲突（国家内战争）并不完全一样——尽管附加议定书已经做了进一步明确。最大的区别之一，就是处置战俘的义务，而这在内战的语境下根本不存在。更宽泛地说，在内战的语境下，交战各方很难完全对等，以实现"共同克制"的要求。在非对称的情况下，更强的一方并不担心会因为滥用武力而受到报复。另一方面，比较弱的一方会认为应该动用各种非常手段，以击败强大的敌人，包括在本地民众间传播恐怖。

规范内战的另一个难题是，一些交战方并不代表政府，也不能被政府所控制，因此很难被追究责任。

1977年第二附加议定书签署之后，内战中非国家武装组织同样有遵守《日内瓦公约》的义务——特别是所谓的第三共同条约，要求战争中的各方都不应该对在武装冲突中没有采取积极行动的群体（比如平民）实施暴力行动。非国家武装组织的个体也同样可以被海牙国际刑事法院及其他的一些国际法庭，以严重违反国际人道主义法的名义追究刑事责任。但是在实践中，却很难要求非国家武装组织按照战争法的要求行事，追究其法律责任也非常困难。更为复杂的问题是，控制某个区域的非国家武装组织，是否有责任保护区域内的平民——而不仅仅是不对平民实施暴力犯罪的消极义务。目前为止，国际社会依然不认为非国家武装组织有此责任。因为国际社会担心，一旦赋予非国家武装组织这种责任，某种程度上就会将这类组织视为"国家般"的实体，赋予其在占领地区内的合法性。

在伊拉克和叙利亚，国际人道主义法如何在内战中使用，所遇到的困难和悖论都得到悲剧性的显现，特别是在由"伊斯兰国"控制的地区。事实上，"伊斯兰国"成员根本不屑于隐藏和淡化他们的犯罪行为——以此逃脱惩罚或起诉，而是将对其统治区内的平民实施暴行视为一种荣耀，比如在普通民众的注视下吊起尸体，以及在社交媒体上展示斩首行为。

中世纪的怪物？

面对在伊拉克以及之后在叙利亚崛起和扩散的"伊斯兰国"，很多西方评论家将"伊斯兰国"的野蛮人般的暴行形容为"回归中世纪"。2015年12月，英国下议院就英国是否应该将针对"伊斯兰国"的空袭从伊拉克延伸至叙利亚展开辩论，前英国首相戴维·卡梅伦（David Cameron）在接受质询时，将"伊斯兰国"形容为"中世纪的怪物"，"奴役雅兹迪人，将同性恋者扔出楼，斩首人道主义援助者，强迫不满10岁的儿童结婚"。在公开发布一系列展示屠杀和残暴的视频之后——每一个视频都比之前的更为残忍，"伊斯兰国"追求的不仅仅是通过展示落入他们手中的敌人将遭遇何种的野蛮行径来威慑敌人，而是以此吸引更多的"圣战"分子加入他们的行列。看起来，历史已经回归了，还是以一种特别扭曲的方式。

当然，回过头来看，西方对于使用武力强制改换信仰、公开斩首、摧毁宗教纪念场所以及墓地也并不陌生。事实上，基督教各个分支之间的意识形态战争一直是西方文明早期历史不可分割的一部分，并成为战争法发展的背景。自16世纪下半叶起，随着新教的宗教改革挑战了罗马天主教会的统治地位，欧洲社会也被拖入一连串的宗教战争之中。首先是法国的内战，之后是新教国家和天主教国家之间的三十年战争（1618—1648），三十年战争后来还成为欧洲列强之间的总体战争。宗教之前是维护内部安全稳定的重要因素，并作为欧洲国家向外征服的借口，但在三十年战争期间，基督教自身开始变得支离破碎——看起来也与今天中东地区的伊斯兰教分支颇有几分相似。

英国历史学家马克·格林格拉斯（Mark Greengrass）曾经生动地写道,这样的野蛮行径以及"死亡的嘉年华"，包括1527年查理五世的"罗马之劫"期间，教皇卫队在圣彼得大教堂的台阶上惨遭屠杀。但是最为臭名昭著的事件，莫过于1572年的圣巴托洛缪大屠杀，当时法国加尔文新教徒（也被称为胡格诺派）的主要领袖德·科利尼海军上将（Admiral de Coligny）惨遭杀害，尸体被扔出窗外。他的死亡在巴黎引发了反胡格诺派的暴力狂潮，遇害者的遗体——包括很多妇女和儿童——被用牛车收集，扔到塞纳河中。16世纪晚期到17世纪早期的宗教暴力和战争同样使欧洲各个王朝的统治者们无法团结起来，集体应对那个时代的崛起大国——奥斯曼帝国。事实上，据说在英国女王伊丽莎白一世看来，相比伊斯兰教，天主教的西班牙构成了更大的威胁。

今天"伊斯兰国"成员的激进意识形态不仅煽动了宗教暴力，还采用了早期宗教预言者关于世界末日的千禧年般的话语体系。"伊斯兰国"允许其成员追随安拉的"真正"道路，并为联军与中东土地上的"罗马军队"在叙利亚城市达比克进行的"末日之战"预设了战场。2014年11月，"伊斯兰国"在一段视频中公开斩首人道主义救助者彼得·卡西格（Peter Kassig），刽子手公然宣称，他"正在埋葬达比克的第一个美国十字军，迫切等待着其他的（西方）军队到来"。

"伊斯兰国"标榜的这套"圣战"主义源于"萨拉菲派"（Salafism）。萨拉菲派是伊斯兰教逊尼派的一个分支，鼓吹严格按照伊斯兰教早期的法律和社会架构行事。萨拉菲的来源是阿拉伯语中的 al salaf al salih，意思是"虔诚的祖先"。这些祖先包括先知穆罕默德，以及第一"哈里发"，或在公元632年穆罕默德死后领导穆斯林的继承者。萨拉菲也作为一种生活方式，进入日常生活的各个方面。其结果是，在"伊斯兰国"控制的区域，所有的法律和法令——包括吃什么、喝什么，应该和谁说话——都归于"先知指导"的荣耀和指示。[1] 根据普林斯顿大学"伊斯兰国"意识形态研究权威伯纳德·海克尔（Bernard Haykel）的说法，"伊斯兰国"的追随者同样相信他们的奴役、斩首以及公开折磨，是一种虔诚地重建穆罕默德在7世纪上半叶征服的方式。他指出，"伊斯兰国"的恐怖分子，"一头扎进中世纪的传统之中，并把这一切都带到了当代"。[2]

2010年之后，西方领导人在应对"伊斯兰国"时存在明显的弱点，即没有去理解"伊斯兰国"意识形态的本质及其扮演的角色。"伊斯兰国"通过理论使其行为得以合法化，而这仅仅被看作中世纪的"伪装"。

---

[1] Graeme Wood, "What ISIS Really Wants," *The Atlantic*, 15 March 2015. 参见http://www.theatlantic.com/magazine/archive/2015/03/what-isis-really-wants/384980/

[2] Bernard Haykel, 转引上文。

在我们自由民主的样板中，普遍贯彻世俗主义原则，对于宗教的多样性有着更多的宽容。同时，宗教也慢慢从私人生活领域中撤出，很难让人相信宗教会产生如此大的作用，而且这并不是某个组织的策略，而是其宗教核心价值观所产生的影响。因此，西方的分析人士和政策制定者致力于寻找这些行为下面潜藏的政治动机。但西方最终发现，这些都是早期"基地"组织的潜在目标，即迫使美国从沙特阿拉伯撤军，并结束对穆斯林世界独裁政权的支持。但是"伊斯兰国"，带着末世论的观点，看起来并不想坐上谈判桌，而是不断在伊拉克和叙利亚攻城略地。

21世纪的宗教勇士

"伊斯兰国"之谜的一部分，在于其混合属性：既中世纪又现代，既容易扩散，又深深扎根于本土。类似之前的"基地"组织，"伊斯兰国"在西方活动主要依靠匿名、去中心化的组织。英国记者詹姆斯·米克（James Meek）将这一模糊而易变的网络描述为"介于特许经营和自由意志之间"，并没有固定的基地，也没有指挥控制中心。因此,针对巴黎酒吧和音乐厅的袭击,或是在布鲁塞尔针对交通设施的袭击并不是由"伊斯兰国"直接下令,而是受到"伊斯兰国"启发。[1]

在中东地区,一方面,"伊斯兰国"更像一个国家,有着一系列鲜明的组织架构,包括设在拉卡(Raqqa)的训练中心,以及占领领土作为基地的清晰蓝图。"伊斯兰国"最初的军事战略是夺取每一个关键的补给通道、电力设施以及获利颇丰的油田,这些举动都为其扩展控制区添砖加瓦,也使"伊斯兰国"在经济上可以自给自足,并加深了其他相关方对其控制的能源的依赖。

当"伊斯兰国"在 2014 年 6 月占领伊拉克的第二大城市摩苏尔时,其攻城略地、建立政权的野心已经不只是说说而已:在摩苏尔大清真寺的讲坛上,"伊斯兰国"的领导人,阿布·巴克尔·巴格达迪(Abu Bakr al-Baghdadi)宣称自己是穆罕默德之后的第二个哈里发,邀请全世界的穆斯林加入,并向他效忠。随后,尽管西方政府采取了一系列措施限制,但还有一

---

1 James Meek, "After the Vote," *London Review of Books*, Vol. 37, No.24 (December 2015).

大群"圣战"分子从全球各地涌入叙利亚和伊拉克。"伊斯兰国"在宣称占领领土上最特别的是其超越了现有的边境。与其他恐怖组织——比如北爱尔兰的爱尔兰共和军（Irish Republican Army），西班牙的巴斯克分离组织（Basque separatists），或者斯里兰卡的泰米尔猛虎组织（the Tamil Tigers）——试图通过分离的方式在现有国家中建立新的政权不同，"伊斯兰国"的目标更具有扩张性。它试图通过摧毁两个现有国家（叙利亚和伊拉克），以彻底改变地区国家的版图，并建立一个统一的哈里发国。

其结果是，当"基地"组织不断变换藏匿地点和组织形式，逐渐退入幕后活动时，"伊斯兰国"的野心阻止了这一趋势。如果不能控制一块土地，"伊斯兰国"的哈里发也不能继续。加拿大记者格雷姆·伍德（Graeme Wood）写道，"如果'伊斯兰国'不控制领土，那么所有的这些宣誓效忠也都随之而去"。占领土地与其现代性的国家建设计划相结合，形成了完善的管理体系、财政和法律架构。一些"伊斯兰国"的视频，如果不是炫耀残忍的处决行为，就是展示"普通"平民在哈里发国生活的场景——他们访问学校、市场甚至牙医诊所。这些日常生活的场景有助于"伊斯兰国"的叙事——在一个混乱的地区建立和平之岛。

但是一个秩序井然的哈里发国的意义,要远远超过其作为一个政治实体所提供的保护,以及其建立可以实施"沙里亚法"(统治穆斯林民众的宗教法律体系)的国家。它同样是伍德所说的"救赎的方舟",正如"伊斯兰国"的信徒们坚信的,如果穆斯林不对哈里发国效忠,那么不管他们日常的功课是多么虔诚,也不可能过上完全伊斯兰式的生活。[1] 因此,迁徙到"伊斯兰国"的控制区,也变成了个人精神救赎的一部分。

"伊斯兰国"利用这一神学声明,招募了大量用以发动常规战斗以及维持地理意义上的据点的恐怖分子。游击战式的战争或者即兴的恐怖行为,并不足以达到其区域目标。它同样需要对地区性的国家军队,以及支持他们的西方国家开展传统形式的军事行动并取得胜利,以提振自身士气。2015年5月,"伊斯兰国"攻下伊拉克城市拉马迪(Ramadi),就明白无误地表明"伊斯兰国"

---

1 Graeme Wood, "What ISIS Really Wants," *The Atlantic*,15 March 2015. http://www.theatlantic.com/magazine/archive/ 2015/03/what-isis-really-wants/384980/

第二章 野蛮的回归

的指挥官们有能力冲破重重阻碍和空袭，开展复杂的战争计划。他们不仅比老对手、伊拉克安全部队更有能力，甚至也比当时已经为保卫拉马迪奋战数月，由美国培训的特种部队——黄金分队（Golden Division）更强。在攻击拉马迪期间，"伊斯兰国"同样展示了他们缴获西方军事装备的致命后果：他们将缴获的美国军用装甲车辆——用于防止轻武器袭击——改装为类似当年制造俄克拉荷马城袭击时的大型汽车炸弹，摧毁了伊拉克安全部队的防御据点以及一系列高层建筑。[1]

展示军事方面取得的成功，为"伊斯兰国"的虚拟宣传机器提供了核心宣传素材，而这些宣传材料也用以招募外籍"圣战"分子。事实上，毫不夸张地说，现代科技为"伊斯兰国"活动火上浇油。与其他恐怖组织或极端组织相比，"伊斯兰国"在网络空间上更熟练，存在感也更强，特别是在社交媒体上。当以往如"基地"这样的恐怖组织主要利用互联网进行沟通交流时，"伊斯兰国"对互联网的使用更为广泛，包

---

[1] Margaret Coker, "How Islamic State's Win in Ramadi Reveals New Weapons, Tactical Sophistication and Prowess," *Wall Street Journal*, 25 May 2015.

括自我推销、激进化和招募、募资筹款甚至恐吓等等。"伊斯兰国"的宣传中心"生活"（Al-Hayat）每天发布将近40条信息（比很多国家的国有电视网络还多），包括照片散文、文章以及音频等等——而且都是用多国语言。"伊斯兰国"每天不仅在推特上发布约50000条推文，还精心设置传播技巧，通过设置推特热门标签，比如2014年巴西世界杯的标志，尽可能地使自己精心制作的处决视频得到更多人的关注。

  "伊斯兰国"同样也是新兴网络通信软件，比如德国的"电报"（Telegram）的使用者。利用这一软件，"伊斯兰国"可以建立安全通信频道，外界也很难探测或采取反宣传措施。"生活"媒体宣传中心通过"电报"使组织成员和追随者分享训练手册，以及如何装备武器、制造炸弹这样的小技巧，还有如何发动小股组织或者独狼式袭击的技巧。通过这样的方式，"伊斯兰国"充分利用了斯诺登（Snowden）爆出美国和欧洲情报机构大规模监控社交网络之后，人们对于隐私的关注和重视。在斯诺登事件之前，科技公司都宣称能够保护客户隐私。而当加密软件变得足够方便和便宜，科技巨头们同样也允许"伊斯兰国"隐藏其行踪。

"伊斯兰国"混合属性的最终体现,是利用现代避孕手段,对其控制下的妇女实施大规模性侵。"伊斯兰国"的领导将性奴役与先知穆罕默德挂钩——更不用说将之作为强有力的招募工具。因为中世纪的伊斯兰教法规定,男人不能将怀孕的妇女作为性奴。所以今天的"伊斯兰国"要么给性奴吃堕胎药,要么注射相关针剂(比如甲羟孕酮)。这可以使妇女在"伊斯兰国"恐怖分子之间转手,而不至于被强奸致孕。

一位曾经被要求"陪伴"一群年轻的雅兹迪女性前往当地医院接受常规甲羟孕酮注射的中年妇女向外界描述了这些女孩是如何被"伊斯兰国"指挥官和招募者买卖的。在这个悲惨的案例中,她被要求陪着自己被数名伊斯兰国恐怖分子轮奸的女儿去打堕胎针。根据联合国设在伊拉克北部地区诊所的调查,伊斯兰国的这一行径似乎达到了预期效果,在这个诊所接待的超过 700 名强奸受害者中,只有 5% 报告怀孕,这要远低于年轻妇女 20%—25% 的怀孕比例。[1]

---

[1] Rukmini Callimachi, "To Maintain Supply of Sex Slaves, ISIS Pushes Birth Control," *New York Times*, 12 March 2016.

分子

可以享受源源不断的性奴,已经成为"伊斯兰国"宣传广告中的一个重要内容。如果说"伊斯兰国"宣传的内容看起来是中世纪的,它的宣传形式却是当代的,并特别指向现代的受众:西方国家的潜在"圣战"分子。"伊斯兰国"娴熟的招募视频中所使用的背景音乐,常常与西方青年文化相契合,视频的场景也与西方流行电子游戏——比如《使命召唤》《侠盗猎车手》——相似。这些招募工具的作用从数据中就可见一斑:到 2015 年年底,联合国估计,"伊斯兰国"已经从超过 100 个国家招募了超过 30000 名外籍"圣战"分子前往叙利亚和伊拉克,同时也包括利比亚、也门和阿富汗。[1] 这些外籍"圣战"分子与雇佣军最明显的区别,就是他们并不仅仅为了钱作战:他们(很大程度上)是为了自由参战。招募者青睐跨国团体成员而不是当地团体成员——具体到这件事上就是青睐那些报复穆斯林民族的英雄团成员,并且告诉他们这个群

---

1 Plan of Action to Prevent Violent Extremism, Report of the United Nations Secretary General, UN doc. A/70/674, 24 December 2015.

体正在面临生存威胁。简而言之,冒险的奖励是精神的而非物质的。[1]

历史上也不乏外籍战士的例子,他们被英雄主义的前景所吸引,试图在人生和事业上取得更大的成功。这些著名的例子包括19世纪30年代墨西哥内战,当时从美国来的外籍战士帮助击退了可能的军事独裁,以及1979年苏联入侵阿富汗后,从中东前往阿富汗参战的外籍战士,他们是为了从共产主义者手中拯救伊斯兰教。由于外籍战士的利益往往不同于本地人,历史也常常说明他们在战斗中更为投入,也更容易采取残忍的暴力形式——使得他们所支持的交战方更难被打败。因此,涉及外国战斗人员的冲突通常时间较长,伤亡率较高,这就不足为奇了。

其中最著名的案例,也与今天有着相似之处,就是西班牙内战(1936—1939)。在此期间,大约有40000名外籍战士加入初生的第二西班牙共和国(受到苏联支持)一边,对抗弗朗哥(Franco)的法西斯主义者(受到希特勒和墨索里尼的支持)。国际旅

---

[1] David Malet, *Foreign Fighters: Transnational Identity in Civil Conflicts* (New York: Oxford University Press, 2013).

(the International Brigades)——由志愿外国战士组成的部队——所经历的挫折和苦难,通过乔治·奥威尔(George Orwell)的《向加泰罗尼亚致敬》(*Homage to Catalonia*)一书得以永垂不朽,并为未来世界各地的学生激进分子和游击队员们提供了灵感和激励。当时,就和现在一样,年轻男人(也有一些女人)千里迢迢来到外国参战,原因主要是理想主义和不满的混合体。当时,也和现在一样,他们的潜力被经验丰富的招募者——即国际旅——通过共产党全球网络充分地调动起来。当时,和现在一样,政府试图阻止自己的国民离开本国到国外参战,但收效甚微。同样,当外籍战士回国时,政府也对其采取严密监控。

这个年轻且好战的西班牙共和国,阐述了一种新的,也更为进步的民主形式,不仅能够击败法西斯叛乱分子,同样也能打败贵族阶级和精英分子的残余。在20世纪30年代的语境中,共产主义还不是西方的主要敌人——类似之后的冷战时期那样,一个脆弱的民主政体反击法西斯的形象,就像巨大的磁铁一样吸引着年轻人。他们不仅是为了追求国外高尚的政治事业,也是为了渡过国内的经济难关。加拿大大约有

第二章 野蛮的回归

1600人志愿加入麦肯齐-帕皮诺营（the Mackenzie-Papineau Battalion），为共和国而战，而大萧条时尤为严峻的形势，导致大多数人贫困失业，其中很多人也在"偷乘火车"寻找工作时变得激进化。在《叛徒：西班牙内战中的加拿大人》（*Renegades: Canadians in the Spanish Civil War*）一书中，作者迈克尔·佩德罗（Michael Petrou）描绘了西班牙内战是如何作为一块画布，理想主义者可以用之投射自己的愿望，而对于愤恨者而言，则可以借此进行意识形态斗争。至于著名的加拿大医生诺尔曼·白求恩（Norman Bethune），他率先在内战中为共和国部队使用移动输血设备，反法西斯是他对30年代在西方社会目睹的贫穷和政治镇压的回应。

研究欧洲外籍"圣战"分子招募的权威学者指出，这一趋势，至少在表面上看起来，与现在的外籍"圣战"分子活动很相似。法国学者奥利维亚·罗伊（Olivier Roy）描述了欧洲第二代穆斯林的激进化，并将此作为青年反抗社会运动的一部分，同时作为"圣战"的伊斯兰叙述，也被"伊斯兰国"战略地操纵，以实现自身更大的目标。罗伊发现，那些曾经前往叙利亚和伊拉克参战，然后返回欧洲实施暴恐活动的"圣战"分子的特质，并不是一种精神病般的畸形——就像某些人所期盼的那样，而是对自己所处的社会的沮丧和不满。"关键在于痛苦的心理状态"，他写道，"以及期望与社会回应之间的反差"。[1] 这使得年轻的激进者对于"伊斯兰国"提供的英雄主义和臭名昭著的形象持开放态度。

但是下面我要讲到的，就是与之前的外籍战士不一样的地方。一些在2011年至2016年间前往叙利亚的人有着明确的政治诉求，这也与"阿拉伯之春"带来的希望有关：推翻叙利亚总统巴沙尔，建立温和的民主政府。他们试图支持"叙利亚自由军"（Syrian Free Army）这样的反对派武装。其中很多就像20世纪30年代的国际旅一样，他们的目标是推广民主，增进公民自由。然而，更令人担忧的是，多数外籍战士其实是外籍恐怖分子，他们的政治诉求或者动机很难被外界了解。相反，正如罗伊指出的，他们的政治动机，

---

[1] Olivier Roy, "What Is the Driving Force Behind Jihadi Terrorism?" Paper presented to the Bundeskriminalamt Autumn Conference, Mainz, Germany, 18–19, November 2015.

是"对叙事的迷恋":加入战斗,实现穆罕默德的信徒与西方异教徒之间的斗争。与以往的外籍战士不同,他们得不到当地盟友的支持,今天的迁徙"圣战"者与他们在理论上应该支持的阿拉伯人之间,并没有什么共同的认同。

如果没有什么政治目标或是诉求甚微,宗教的作用就更为模糊。相比于"伊斯兰国"在中东的追随者,即对于伊斯兰教最为严格的阐释已经成为其目标和行为的重心,欧洲本土"圣战"者的宗教信仰也只是在后天获取的。最近的研究已经表明,只有很少的外籍恐怖分子,或受"伊斯兰国"支持在欧洲发动袭击的暴恐分子,之前曾经积极参与到宗教活动中,或是定期参加本地清真寺的礼拜活动。事实上,很多人有着类似偷窃、贩毒等轻微犯罪的记录。他们在宗教层面的个人形象,似乎在激进化进程的最后阶段显得很重要,即通过罗伊所说的"个人转型框架"。对他们来说,"圣战"是在全球市场上唯一真正的"崇高事业"。

这种与宗教的特殊关系说明了这样一个事实:很少有"圣战"分子谈论天堂,利用虚无主义的方式——比如复仇或自杀——并不是像在宗教经文中所说的那样,是为了建立一个更好的社会。现代外籍恐怖分子的这些特征,同样也有助于解释为什么根据激进化专家的说法,西方民主政府用了很多政策工具,以抵御外籍恐怖分子的崛起,却收效甚微。举例来说,对于清真寺的密切监控,却不能使执法部门获取提前挫败恐怖分子阴谋的可靠信息,伊玛目对于激进化进程的影响也日益式微。类似的是,对于"改革伊斯兰教"的呼吁似乎也没有什么影响,因为那些激进分子对于伊斯兰教的实际意义或是细节并没有什么兴趣。但是,与此同时,只有从打击恐怖主义的维度思考伊斯兰教,才会得出迫害和复仇的叙事,并刺激激进化的进程。

"伊斯兰国"的根源和分支

"伊斯兰国"的吸引力也同样加强,因为它有能力激发当地民众对外部势力——大部分是西方国家——介入中东所产生的愤恨。因此,"伊斯兰国"远不是中世纪的回归,而是一种非常现代性的创造——美国在新世纪的初期,在其主要盟友的支持下进行干预措施的产物,其中最重要的就是 2003 年针对

第二章 野蛮的回归

伊拉克的战争。布什政府当时的想法类似福山，认为自由民主在全球的胜利已经得到了保障，只要在中东地区打一场小小的战争就能带来西方式的进步：在军事上打败萨达姆的创造性破坏之后，政党、选举、自由宪法和资本主义市场经济都会应运而生。

这个预言的破坏性部分显然已经破产。但是一些观点依然在中东流传。事实上，在2003年美国率领多国联军入侵伊拉克之后，很难画一条线，明确地将"伊斯兰国"从"基地"组织中脱离区分开。

在美英在伊拉克战争之后，对伊拉克实施占领的早期，阿布·穆萨布·扎卡维（Abu Musab Zarqawi），伊拉克"基地"组织的前领导人，对什叶派的宗教纪念场所和设施就发动了一系列灾难性的袭击，试图以此引发伊斯兰教两大分支——什叶派与逊尼派的冲突。他引发两大教派对立冲突的目标，最终催生了经验更为丰富的"基地"组织领导层，他们认为这些暴力手段会使"基地"组织与当地势力疏远，不利于开展行动。2013年，这一组织分裂了。与此同时，扎卡维教派主义的战略得到了美国占领当局无意中的协助。美国占领当局采取了"去复兴党"的政策（旨在清洗萨达姆·侯赛因期间的复兴党公务员），导致逊尼派从军队、警察和社会公共服务等重要岗位上被大规模解职——其中包括3万名公务员和40万士兵。调查英国在伊拉克战争中作为的齐尔考特调查就指出，解散萨达姆安全机构的决定，是伊拉克战后时期最大的失误之一。因为这一决定导致大量失业，并为叛乱分子提供了充足的人力资源。[1]

美国军队也对逊尼派聚居区发动了一系列袭击，抓获并监禁了众多逊尼派囚犯，其中的一些遭到酷刑。在阿布·格莱布（Abu Ghraib）监狱的虐囚丑闻曝光后，逊尼派囚犯被转移到布卡营（Camp Bucca）。就是在这里，那个特别的囚犯——后来以"阿布·巴克尔·巴格达迪"之名被人熟知——与一群曾经在阿布·格莱布监狱关押的前复兴党军官建立了联系。巴格达迪后来成了"伊斯兰国"的领袖，他在监狱中构建的囚犯人脉网络中，有很多人都成为他最亲密的顾问。美军抓获的逊尼派囚犯留下了漫长的阴影，正如中东学者亚当·哈尼亚（Adam Hanieh）所说，"不仅进一步加剧了这个国家新兴的教派冲突，同时从具体意义上说，

---

[1] 参见 *The Iraq Inquiry*: http://www.iraqinquiry.org.uk.

塑造了'伊斯兰国'本身"。[1]

但是,尽管"伊斯兰国"的起源与2003年之后美国入侵伊拉克有关,但它在中东地区的扩散蔓延,的确是与2011年"阿拉伯之春"的逆转和民主遭遇的失败有关。下面的这两个现象紧密结合,构成了导致"伊斯兰国"蓬勃发展的生态系统:第一,推翻专制政权的幻想破灭了;第二,统治者故意纵容令整个地区不安的恐怖和教派暴力行为,以使自己维持政权——特别是叙利亚总统巴沙尔·阿萨德。尽管在整个内战期间,阿萨德试图描绘这样一幅简单的图景:要么支持我的政权,要么支持恐怖分子。但在现实中,他和他政权中的其他成员与"伊斯兰国"齐心协力,使得"伊斯兰国"免遭政府军的空袭打击,而这却是普通叙利亚平民经常遭受的厄运。

同时,美国尚未从阿布·格莱布的耻辱事件中恢复元气,还在争论是否以及如何关闭关塔那摩基地的拘留中心,并且还在争论酷刑是否正确。这就是

---

[1] Adam Hanieh, "A Brief History of ISIS," *Jacobin*, 3 December 2015.参见https://www.jacobinmag.com/2015/12/isis-syriairaq-war-al-qaeda-arab-spring/

福山在冷战结束时预言的美国所拥有的开明领导力吗?美国在伊拉克投入过多,同样给美国以及英国的政治和军事精英留下了深深的阴影。两国现在都对长时间的军事行动有着深刻的恐惧,不愿意执行自己所划下的"红线"。这不仅给"伊斯兰国"留下了钻空子的机会,同样也给了那些实施自己野蛮行径的政府以机会。

作为凶手的国家

今天的民族国家喜欢指责非国家武装组织是各种野蛮行径的主要实施者。但实际上,当前违反国际人道主义法最严重的,恰恰是民族国家的政府。正如联合国秘书长潘基文在 2016 年 5 月举行的有史以来第一次国际人道主义论坛上指出的:"战争最基本的规则已经变得具有传染性,面临需要进一步重新阐释的风险,其应用也会变得模糊……当国家不尊重或是破坏国际人道主义以及人权法,包括将相关法律的解释进一步泛化,其他国家以及非国家行为体也会将此作为破坏人道主义法的邀请。"

第二章 野蛮的回归

绕过人道主义法——特别是禁止对非战斗人员采取军事行动——的诱惑越来越大,部分原因是长期以来对平民在战争中所扮演的角色的怀疑。很多人认为,平民在战争中并不是无辜的,能直接或间接发挥多重作用。至少在第二次世界大战之后,平民对于战争的支持是显而易见的。平民为战争从事了大量工作,包括缝制伤兵的病号服,在工厂中生产弹药等。这也引发了很多争论,认为部分特定的平民不应免于袭击。雨果·斯利姆就将之称为"非战斗身份的模糊性"。斯利姆写道,在很多的当代战争中,平民不仅仅是"简单的二维漫画人物","只是遭受苦难或接受援助"。[1] 在很多战争中,平民积极帮助冲突的某一方,不管是自愿的还是被强制要求。另外,今天的战争已经变得不是那么泾渭分明,在平民聚集地中心发生的战斗越来越多,平民也更多地参与到类似战争的活动中——举例来说,不管是破坏"敌方"的军事设施,

---

[1] Hugo Slim, "Civilians, Distinction and the Compassionate View of War," in Marc Weller, Haidi Willmot, and Ralph Mamiya, eds., *The Protection of Civilians in International Law* (Oxford, U.K.: Oxford University Press, 2015).

阻断信息传播，或是提供目标情报。[1] 巴勒斯坦人和以色列在加沙地区的冲突就是典型例子，更不用说正在叙利亚进行的战争。

2013年8月21日凌晨，大马士革近郊古塔地区（Ghouta）的民众像往常一样，冲入公寓的地下室，以躲避空袭。但是在这一天，他们惨遭由地对地导弹发射的沙林毒气（比氰化物致命20倍）袭击。通过目击者的证词、GPS信息以及卫星影像，"人权观察"组织确认位于叙利亚首都大马士革以东约6公里的扎玛尔卡（Zamalka）地区的四个地点遭到了至少八枚火箭袭击，其中一些很接近当地的清真寺。数小时之后，扎玛尔卡西面约20公里的一个名为穆阿德米亚（Muadhamiya）的小镇，同样遭到装有沙林毒气的火箭袭击。[2] 在数小时之内，数十个视频就被上传到互联网，显示有大量表情痛苦的成人和儿童，却没有外伤迹象。在一些最令人震撼的视频中，数十具遗体——其

---

[1] International Committee of the Red Cross, "Interpretive Guidance on the Notion of Direct Participation in Hostilities under International Humanitarian Law," (Geneva, 2009).
[2] "Attacks on Ghouta: Analysis of Alleged Use of Chemical Weapons in Syria," *Human Rights Watch*, 10 September 2013.

中还有很多儿童和婴儿——被并排安放在诊所和清真寺的地上,以及穆阿德米亚、扎玛尔卡和附近一些地区的街道上。

25名联合国武器核查人员通过询问超过50名毒气袭击中的幸存者,形成了呈送给潘基文的调查报告。[1]这些幸存者经历了呼吸困难、神志不清、视力模糊、恶心、呕吐和意识丧失。他们还算幸运,而至于到底有多少人死亡,由于大量伤亡和冲突所导致的混乱,以及在遭袭区域内缺少大型医院,包括叙利亚冲突中特有的信息战的影响,直到现在还一直争论不清。叙利亚人权团体违法事件纪录中心(The Violations Documentation Center,简称"VDC")是一家由人权活动分子建立的网站,其发布的相关数据经常被联合国引用。这个网站利用了被国际社会普遍接受的核实死亡人数的方式,指出至少588人在此次事件中死亡,包括135名妇女和108名儿童(美国政府评估认为有

---

[1] "United Nations Mission to Investigate Allegations of the Use of Chemical Weapons in the Syrian Arab Republic — Report on the Alleged Use of Chemical Weapons in the Ghouta Area of Damascus on 21 August 2013." UN doc A/67/997, 16 September 2013. 参见 http://www.un.org/zh/focus/northafrica/ cwinvestigation.pdf

1429人死亡,包括426名儿童)。联合国的报告在9月中旬提交。潘基文称,这是"自1988年萨达姆·侯赛因针对哈拉卜贾(Halabja)的平民使用化学武器以来最为严重的一次使用化学武器事件"。[1]

联合国的调查团并没有被要求指出谁是这起袭击的幕后主使。但是通过检查现场的碎片和冲击区域,核查员发现有"足够的证据"可以计算方位角,或者测量角度,这样也可以"以足够的精确度"算出火箭的轨迹。通过在地图上标记,可以发现这一轨迹集中指向叙利亚共和国卫队104旅所在的一处大型军事基地。"人权观察"组织的评估认为,袭击中所用的330mm火箭"并没有列入任何标准的、专业的、国际的或是揭秘的参考资料",但是这在此次袭击之前的针对反对派控制区域的一系列袭击中已经被记录在案。这一组织还宣称,这些火箭与伊朗生产的333mm法拉克—2型(Falaq-2)火箭发射器相兼容,而叙利亚政府军装备有这型武器。

---

[1] 联合国秘书长2013年9月16日在联合国安理会,就联合国调查团针对2013年8月21日发生在大马士革古塔地区疑似化学武器攻击的调查报告所做的发言。参见http://www.un.org/sg/statements/index.asp?nid=7083

第二章 野蛮的回归

美国和法国的情报机构也在两周内发布了评估报告，进一步指出叙利亚政府军利用沙林毒气袭击反对派控制区的指控"可信度很高"。法国的报告还指出，"火箭发射区域被政府控制，而遭袭击的区域被反对派控制"，当时，叙利亚政府军指挥官担心大马士革会遭到来自反对派的大规模袭击。报告也观察到，叙利亚政府军中负责填充化学制剂弹药的单位——叙利亚科学调查研究中心的450分厂——是由总统所在的阿拉维派组成，"对于政权的忠诚度尤其高"。[1]

叙利亚总统阿萨德和其他叙利亚官员很快否认自己与火箭袭击有关，并要求华盛顿和巴黎拿出确凿无误的证据。俄罗斯也质疑西方国家公布的证据，俄罗斯总统普京公然声称，叙利亚政府应为袭击负责"纯属无稽之谈"。[2] 数十年来，莫斯科将叙利亚当作其在中东地区最重要的盟友。叙利亚战略位置重要（靠近

---

[1] "Syria/Syrian Chemical Programme — National Executive Summary of Declassified Intelligence," Paris, France, 3 September 2013. 参见http://www.diplomatie.gouv.fr/en/IMG/pdf/Syrian_Chemical_Programme.pdf

[2] "Syria Chemical Attack: What We Know," BBC News, 24 September 2013. 参见http://www.bbc.com/news/worldmiddle-east-23927399

地中海沿岸、以色列、黎巴嫩、土耳其、约旦和伊拉克），俄罗斯在叙利亚还有在海外唯一的军事基地，叙利亚对于从俄罗斯进口武器也有很大的依赖。此外，成千上万的俄罗斯人在叙利亚生活，进一步加强了两国之间的经贸和文化联系。当自己在中东地区的关键盟友遭到国际社会指责时，俄罗斯官员坚持认为联合国的报告是"扭曲"和"一边倒"的，正是因为大马士革郊区的叛军才导致了平民的痛苦，试图以此挑起国际军事干预，这一观点也并不奇怪了。

但是国际社会并没有干预。尽管奥巴马总统称，去年夏天政府军使用化学武器是野蛮的行径，已经越过美国的"红线"，将会改变美国政府关于使用武力的考量。俄罗斯外长谢尔盖·拉夫罗夫提出提案，建议叙利亚同意将其化学武器置于国际监督之下，并逐步解除化学武器，美国则同意不对叙利亚实施军事打击，这一举措堪称外交上的神来之笔。9月中旬，叙利亚政府致函潘基文，宣布叙利亚加入《化学武器公约》(the Chemical Weapons Convention)。拉夫罗夫和美国国务卿约翰·克里制定了详细的计划，用以审计、检测、控制和销毁叙利亚的化学武器，后来这一

第二章 野蛮的回归

计划得到了联合国安理会的批准。

根据这一计划,叙利亚有义务提供其储存化学武器的信息,允许核查人员不受阻碍地进入该国所有存放化学武器的地点,并制定将化学武器通过航运送出叙利亚的时间表。2014年5月1日,有报道指出,叙利亚已经超过了自己设定的交出化学武器的最后期限(原定于4月底),大约还有8%的化学武器库存,主要是沙林毒气,依然存在在大马士革。同时,禁止使用化学武器组织——负责推进俄美计划实施的组织——被要求在4月初调查叛军控制区域使用化学武器的情况(这一事实最终也被确认)。2015年3月,联合国安理会通过一项决议,谴责在叙利亚内战中使用氯气作为武器,并威胁在《联合国宪章》下采取强制性措施。

当代《化学武器公约》的存在表明,国际社会认为战争中的某些武器和战术是如此具有破坏性,如此的不加区分,震惊了人类的集体良知。在第一次世界大战中,加拿大军队初次登上战场就遭遇氯气弹的袭击。虽然很多人将1917年的维米岭战役(the battle at Vimy Ridge)作为加拿大第一个伟大的战争时刻,但是这个国家的战争史其实是两年多前开始的，当时第一加拿大师（在1914年夏天匆忙组建）的几个营在第二次伊普尔战役（the Second Battle of Ypres）中，帮忙守住了防线，顶住了德国人的进攻。1915年4月22日，德国人释放了168吨氯气，毒气迅速填满了各个壕沟，迫使盟军部队爬出地面，遭遇敌人的火力打击。超过6000名法军和殖民地士兵在数分钟内就被打死，有一些幸存者描述，当时的感觉就像溺水窒息一样。幸存者仓皇撤退，在防御工事中留下了一个4英里的巨大缺口，使得圣朱利安村（St. Julien，当时位于加拿大第一师后方）成了新的前线。正如当时的一名观察家所说：

> 这些士兵不能因为崩溃或是溃散而被指责。在那个糟糕的夜晚，夜幕逐渐降临，他们满怀恐惧地战斗，在毒气云里徒劳奔袭，在痛苦中大口喘气，中毒导致的窒息也慢慢浮现在他们灰暗的脸上。成百上千的士兵死去，其他的无助地躺在地上，嘴唇痛苦地抽搐，身体饱受折磨。他们也会在不久后死亡——缓

慢、挥之不去以及难以言表的痛苦死亡。[1]

德国军队对于毒气攻击的惊人效果准备不足，未能立刻填补战线上的缺口。加拿大人利用了德军的迟疑，将尿浇到手帕上，缓解毒气袭击带来的伤害，他们又在防线上坚持了48小时，直到援军抵达。

在德军毒气攻击之后，其他的交战方，包括英国、俄国、美国和意大利，都争先恐后地发展这一致命但极为有效的战争武器。第一次世界大战中的毒气攻击造成大约130万人死亡。尽管化学武器主要是被用在战场上，但是战场周边城镇的平民（没有防毒面具保护）通常也成为间接的受害者。在凡尔赛，各方签署条约结束第一次世界大战，一致同意禁止在战争中使用窒息性气体、毒气以及其他化学气体。随后的《日内瓦议定书》（我们现代的条约就是以此为基础）再次重申了这一禁令，并将禁令扩展到了生物武器。在条约的序言中写道，使用这种武器"将遭到全体文明世界良知常识的正义谴责"。

---

[1] Cited in George H. Cassar, *Hell in Flanders Fields: Canadians at the Second Battle of Ypres* (Toronto: Dundurn, 2010).

使用化学武器的禁忌在20世纪里总体得到了尊重，特别是在第二次世界大战期间——尽管交战双方都有使用化学武器的能力，但是由于对等报复的威慑，双方都没有使用。此外，禁止使用《化学武器公约》于1993年生效，现在共有191个签约国，禁令也进一步延伸到禁止生产和储存化学武器。这样的全球性共识看起来很有力，使2013年在叙利亚使用的化学武器显得如此刺眼和不祥。同样至关重要的是，这次袭击不仅仅（或者说主要）针对战斗人员，同样也针对城市中心的平民。事实上，这标志着影响当代世界的冲突正在让平民付出极为惨重的代价，而且得到的回应软弱无力——国际人道主义法来之不易的成果和进步面临遭到削弱的风险。

国际人道主义法面临的当代挑战

近些年来——国内冲突对于平民的伤害不断上升的这个时期，各个交战方都开着推土机，向国际人道主义法中每一个含糊不清或是开放性的问题碾过去，以减少自己保护平民的义务。这不仅仅是巴沙尔·阿萨德这样的专制者,也包括西方自由民主国家。在奥巴马第一个任期内,美国无人机在巴基斯坦、也门和阿富汗发动空中袭击时,就宣称除非有确凿证据,否则某个特定地区内"可以战斗的适龄男性"都是战斗人员。这样一种认定打击目标的方式过于宽泛,不仅与日内瓦条约附加议定书的精神背道而驰,同样也挑战了保护平民这样一个20世纪以来的核心范式。

当自由民主国家不直接挑战核心范式时,他们允许——或者更糟的是,积极支持——其他相关方挑战。目前,全球三分之一的内战中,都有来自外部的第三方参与者在积极支持冲突中的一方或多方。[1] 一些甚至还利用武力,支持实施广泛、系统性的暴行,甚至可能构成犯罪的行为体。还有的第三方参与者,向这些犯罪的实施者提供武器,或是对其贸易和运输交通行为视而不见,或者利用自身的政治影响力提供庇护。举例来说,在也门内战期间(2014—2016),由于内战中的冲突各方与伊朗、沙特阿拉伯、美国、英国这样的国际和地区大国关系密切,国际人道主义法就完全

---

1 "One Humanity: Shared Responsibility." Report of the Secretary-General for the World Humanitarian Summit (A/70/709), para 23.

没有得到尊重。其中的一些国家还是武器贸易条约的签署国——这一条约的目的，就是试图控制武器流入可能破坏国际人道主义法的行为体手中。

这些违背战争法的案例，都在公众的认知和当前对国际人道主义法很高的期望之间形成了巨大的反差，也让人看清了在今天的冲突中遵守法律所面临的困难。国际红十字会的法律顾问海伦·德拉姆（Helen Durham）已经发出警告，我们不能让这样的差距发展为恶性循环——将不遵守法律变成一种新常态。她指出，公众对于交战方的行为采取一种玩世不恭的态度，"都可以轻易地被国家和武装团伙利用作为烟幕弹，声称法律已经失败。然后，他们可能设法证明自己的违法行为是在武装冲突中不可避免和现实的选择"。[1]

为了避免倒退到全面战争的年代，今天的自由民主国家需要做得更好。他们不能认为这场自我克制的战斗已经取得了胜利。作为18世纪人道主义实践的继承人，他们需要将平民在战争中所受的苦难，特别是战争中"平民例外"的原则所遭遇的侵蚀，看作一种

---

[1] Helen Durham, "Atrocities in conflict mean we need the Geneva Conventions more than ever," *Guardian*, 5 May 2016.

第二章 野蛮的回归

警告。他们应该重新评估自己以及他们所谓"盟友"的军事行为,还需要加倍努力,巩固法律和规范所取得的进展,并一致谴责违反人道主义法的行为。

克制的道德需要在最困难的情况下提出,即便当我们怀疑平民并不是被动的受害者,而是正在积极策划针对另一方的阴谋。正如斯利姆雄辩般指出的,"平民"并不是我们给予他人的道德标签,"只有当我们觉得他们是中立的……这是主要基于我们敌人人性的身份认同"。[1] 如果我们放弃了后者,就等于让一切都按照军事必需的规则办,放弃了作为国际人道主义法核心关键的微妙平衡。我们也不应该对接下来会发生什么有更多的幻想。

历史回归

2016年2月,叙利亚战争已经进入第五个年头,一组令人不安的图片又通过电视和社交媒体广泛传

---

1 Hugo Slim, "Civilians, Distinction and the Compassionate View of War," in Marc Weller, Haidi Willmot, and Ralph Mamiya, eds., *The Protection of Civilians in International Law* (Oxford, U.K.: Oxford University Press, 2015).

播：平民饥饿而苍白的脸。这些平民来自迈达亚，这是位于叙利亚首都大马士革西北的一个小镇，人口大约40000人。自前一年的夏天起，这座小镇遭到围攻，被叙利亚政府军及其黎巴嫩盟友真主党（Hezbollah）切断了补给道路。小镇周边的道路上铺设了地雷，周围是积雪覆盖的高山，对于人道主义救援机构来说，提供食物援助非常危险，当地居民也逐渐在数周内断粮、断水、停电。流出的记录显示，绝望的父母为自己的孩子宰杀流浪猫狗，妻子将煮熟的牧草当作丈夫的食物。

在危机最为严峻的时刻，有20000人面临饥饿致死的危险，也让已经难以为继的医疗系统接近崩溃。"无国界医生"（Médecins Sans Frontières）的项目主任布里塞·德·拉·维涅（Brice de le Vigne）描述了医生面对药房空空如也的货架，以及越来越长的饥饿病人时的场景。最后，他们只能为严重营养不良的儿童提供医疗糖浆——这也是他们糖和能量的唯一来源。用他的话来说，这个小镇已经变成了"露天的监狱"，为了阻止试图逃难的人，这里设下了子弹和地雷，人们进退维谷。

但事实上，在公众的焦点之外，在叙利亚的很多其他地方还有更多的"迈达亚镇"。联合国估计，2016年冬天，由于叙利亚政府军及其盟友攻入反对派之前占领的地区，并向该国北部的反对派武装施加军事压力，导致大约40万人遭到围困。在这场双方都差不多残忍的游戏中，平民所遭受的苦难和饥饿，变成了冲突各方的战略目标和机制性的武器。简而言之，这不仅仅违背了区别对待的原则，就连提供人道主义援助的基本规范也被违背。时任美国驻联合国大使萨曼莎·鲍尔（Samantha Power）说，关于迈达亚平民令人不安的照片让她回想起了第二次世界大战。

的确如此。1941年6月，纳粹德国入侵苏联。在9月初，德国军队从西面和南面逼近列宁格勒，德国的芬兰盟军则从卡累利阿地峡（Karelian Isthmus）南下，从北部逼近列宁格勒。列宁格勒所有能行动的民众都被动员起来，沿着城市的边界修建反坦克堡垒，以支持城中的20万苏联红军作战。列宁格勒的防线很快稳定下来。但是，到11月初，250万平民几乎被完全围困，所有从苏联内陆地区到列宁格勒的铁路和补给线路几乎全部被切断。到10月份，警察开始报告在街上看见瘦弱的尸体。12月,列宁格勒的死亡人数翻了四倍,并在1月和2月达到了顶峰。在这两个月,死亡人数都达到10万人。到最后,在即便是以俄国人的标准都算是严寒的冬天里——有些时候温度降到了零下30摄氏度,寒冷和饥饿夺走了大约50万人的生命。

列宁格勒城里幸存平民数量下降,减少了粮食需求,苏联红军也从列宁格勒以东所占领的拉多加湖(Lake Ladoga)旁打通了向城里的运粮通道,接下来的两个冬天,城里的平民生活状况稍有改观。然而,战争导致的伤亡数字仍然很可怕,大约共造成70万—80万人死亡。平民减少,是战争有多么野蛮的更为明显的象征。[1] 宠物的主人们相互交换猫,避免吃掉自己的宠物,街上也看不见狗的踪影。人们绝望地寻找替代食物,包括棉花种子(通常用来烧轮船锅炉)做的蛋糕,由喂牛的亚麻籽做的"通心粉",由煮沸的骨头和小牛皮制成的"肉冻",用发酵的木屑、加上煮沸的胶水凝固后做成的"酵母汤"——任何含有卡路里的东西。有人甚至舔食壁纸上的干糨糊,食人

---

1 Anna Reid, Leningrad: *Tragedy of a City Under Siege, 1941–1944* (London, U.K.: Bloomsbury, 2011).

的谣言也四处流传。

这就是历史的样子,我们绝不能遗忘历史。这也是战争法试图阻止出现的。我们必须时常追问,到底是"其他"什么目标,足以支持违反战争法的行为。事实上,如果希望我们的自由民主模式能够在当代冲突变化的本质中存活,我们要做的不仅仅是追问。

第三章 大逃亡的回归

2015年9月2日凌晨，艾兰·库尔迪（Alan Kurdi），一名年仅三岁的库尔德裔叙利亚籍男孩，被海浪冲上土耳其度假胜地博得鲁姆（Bodrum）的沙滩。早起的晨跑者发现了这个男孩，并将这可怕的一幕报告给了当地警察。艾兰穿着红色的T恤和海军蓝的裤子，小小的身体失去了生命的气息。这一幕被记者拍下后，瞬间成为全球各大媒体的头条，也成为这场迅速升级的移民危机的象征。

根据记者的调查以及艾兰家朋友的说法，艾兰和他的家人——父亲阿卜杜拉（Abdullah）、母亲雷汉娜（Rehanna），还有哥哥加利普（Ghalib）——于2012年逃离大马士革郊区每天饱受轰炸威胁的家，前往叙利亚北部靠近土耳其边境的科巴尼。但是库尔德民兵与"伊斯兰国"之间的血腥冲突，迫使他们前往土耳其定居。在土耳其，他们要居住三年，以获取前往加拿大的旅游签证。艾兰的父亲——不能合法工作——被迫在黑市上遭受人身剥削。全家人无家可归，被迫生活在工厂的洗漱间里。[1]

---

[1] http://www.theguardian.com/world/2015/dec/31/alankurdi-death-canada-refugee-policy-syria-boy-beach-turkeyphoto?CMP=fb_gu

阿卜杜拉的姐姐蒂玛（Tima）是一名理发师，已经在温哥华生活了25年，试图为另一个兄弟穆罕默德一家寻求避难申请，希望也能通过这种方式帮到阿卜杜拉一家。加拿大当局随后称，避难申请被退回，是因为"未能满足难民身份认定的监管要求"。[1] 自从库尔迪一家逃到土耳其开始，加拿大当局就认为他们已经到了安全的国家，再也不可能申请到加拿大避难。由于放弃了获得加拿大避难签证的希望，阿卜杜拉一家决定前往希腊科斯岛，到欧洲申请避难。蒂玛为他们筹集了5800加元（约合人民币30000元），把他们送上了这趟悲剧的旅行。[2]

阿卜杜拉后来告诉记者，在那个9月的凌晨他们刚刚出发时，海水还很平静。4公里的横渡之旅一般要花半个小时。但是，由于船上坐了12名乘客和1名船长，这条破旧的小船超载了。起航后不久，小船就遇上了强劲的洋流，船长惊慌失措，仅仅五分钟之后

---

[1] http://www.theguardian.com/world/2015/sep/03/refugeecrisis-friends-and-family-fill-in-gaps-behind-harrowing-images

[2] http://www.theguardian.com/world/2015/dec/31/alankurdi-death-canada-refugee-policy-syria-boy-beach-turkeyphoto?CMP=fb_gu

就弃船而逃,游回了岸边,把阿卜杜拉留在船上掌舵。

事件发生一天后,阿卜杜拉这样对记者回忆:"我接管了船,并拼命操控。浪很高,船很快就翻了。我把妻子和孩子抱在怀里,我意识到他们全死了。"[1] 他用尽全力,试图将孩子的头托出水面,但是海浪一次次地把他按到水里。

艾兰的照片在全球范围内引发了巨大反响。西方的政治家们被迫考虑为叙利亚、伊拉克和阿富汗逃避战乱和压迫的难民提供更多的政治避难机会。在加拿大,事件引发的反响还影响到了另一个层面:在媒体爆出库尔迪一家首先试图前往加拿大后,难民和避难政策便成为 2015 年加拿大联邦选举中的一个重要议题。尽管保守党政府取消了一些政治避难申请的法律阻碍,但是艾兰之死引发的争议却让自由党得势,并最终在 2015 年 10 月大选中获胜掌权。新任总理,贾斯廷·特鲁多(Justin Trudeau)承诺将接纳 2.5 万名叙利亚难民。12 月初,他还亲自来到多伦多的皮尔逊国际机场(Pearson International Airport),欢迎第一

---

[1] http://www.ctvnews.ca/world/they-were-all-dead-abdullahkurdi-describes-losing-his-family-at-sea-1.2546299

名来到加拿大的叙利亚难民。

艾兰去世之后大概三个月,在11月底,加拿大的移民官员修改了之前拒绝他的七名亲戚避难申请的决定(艾兰的叔叔穆罕默德和妻子,以及他们的五个孩子),允许他们前往温哥华,和蒂玛生活在一起。艾兰的父亲同样获得了避难邀请,但是他决定走另外一条路:在得到伊拉克库尔德自治区领导人接见后,阿卜杜拉决定留在当地帮助难民。他放弃了移居加拿大的想法,他也表示:"尽管我失去了家人,却为其他家庭打开了通往加拿大的大门。我并不恨加拿大人民。"[1]

难民的回归

近年来,在叙利亚、伊拉克、阿富汗、厄立特里亚以及索马里等国和地区,由于战乱频仍导致的普通民众大规模流离失所屡见不鲜。随着"伊斯兰国"在中东地区的崛起,这一现象愈发严重,艾兰的故事也只是其中的一部分。今天,全球流离失所的难民数量

---

1 http://www.npr.org/sections/the two-way/2015/11/28/457697276/relatives-of-drowned-syrian-boy-willmove-to-canada

已经达到6500万人。在战争和压迫下背井离乡的人数，达到了历史的高点。[1] 在这些人中，有4080万属于国内流离失所者（internally displaced persons），简称为IDP——被迫流亡，但仍在自己的祖国生活；其他大约2500万流离失所的难民跨越边境，去别的国家生活。仅在2015年一年当中，就有超过5000人死在路途中。在地中海里淹死的就有大约3700人。[2]

寻求解决这一战后最严重的难民危机的方法，几乎成了每天欧洲媒体报道的主要内容。各界都在激烈讨论各种解决方案，难民的流动使得西方社会面临崩溃边缘的指控，也让争论的焦点更为模糊。大逃亡也同样让自由民主模式所谓的胜利显得尴尬，特别是自由民主制度号称缓解冲突，建立更稳定的社会。今天，有很多难民是来自被战争撕裂的中东国家，而"阿拉伯之春"带来的希望，早已被专制主义回归或者内战爆发的现实所取代。

在历史上，通过国内外移民，使得人口得以重新

---

[1] *UNHCR Global Trends: Forced Displacement in 2015.* 参见https://s3.amazonaws.com/unhcrsharedmedia/2016/2016-06-20-global-trends/2016-06-14-Global-Trends-2015.pdf

[2] http://missingmigrants.iom.int

分布的事例屡见不鲜。比如说，现代中国的形成，就是大规模人口流动引发的结果。

加拿大自身的经济、社会和政治发展，同样受到全球移民潮的深刻影响。在这个案例中，大规模移民是被鼓励的，而非遭到强迫的。因为移民到加拿大，对于难民来说是经济上的一大希望，他们可以找到工作，从此过上富裕的生活。而对难民接受国来说，同样需要人口增长来发展自身资源和经济。加拿大人口增长最为迅速的一个阶段，是从19世纪70年代到第一次世界大战期间，有很多欧洲的人来到加拿大西部，建立农场，创建新的城市中心。在1890年年底，加拿大内政大臣克利夫顿·西夫顿爵士（Sir Clifton Sifton）特别注意引进"强壮"的匈牙利人、罗马尼亚人和乌克兰人——他们在自己的国家却面临失业和人口过多的危险——并让他们在今天的阿尔伯塔、萨斯喀彻温和曼尼托巴等省定居。

经济机会通常是移民的一大驱动因素，但是更具有戏剧性和引人关注的，则是受迫害和战争影响的移民。"庇护"（asylum）一词源于古希腊，字面上意思是"不会被抓住的"。神庙经常是难民避难的圣地，

第三章 大逃亡的回归

神在这里可以保护被迫害和被压迫者。政治组织的希腊样式——"城邦"(the polis),或者国家城市——不断发展和扩散。在各个城邦、国家城市以及其他人之间都建立起了外交条约,其中就包括了承认庇护权利的条款。[1]

在古罗马,同样有在庇护之神的神庙对被迫害者给予保护的实践。事实上,有一些传说就指出,罗幕洛斯——公元前8世纪建立罗马的双胞胎兄弟之一——建立了庇护女神的神庙,并将之作为逃犯和流亡者的守护神,也为那些违法的逃犯提供了避难所。庇护在犹太教、基督教和伊斯兰教这三个一神论宗教中都占有重要地位,突出强调了对陌生人实施接待和保护的义务。庇护作为宗教的命令,在很多宗教经文中都有明确阐述,要求对那些处于困境中的人提供庇护,不管他们是有罪的还是无辜的。[2]

公元4世纪,罗马皇帝君士坦丁改信基督教,整个罗马帝国也将基督教定为国教,随着领土的扩展,

---

[1] María-Teresa Gil-Bazo, "Asylum as a General Principle of International Law," *International Journal of Refugee Law*, Vol. 27, No. 1 (2015), pp. 20–22.
[2] 同上。

教会赋予的庇护权也进一步延伸。这最初体现在政治和宗教权力之间建立独立的势力范围,以及将教堂和土地作为不可侵犯的避难场所。在中世纪,当统一的基督教社会让位于独立的主权制度时,庇护便从教会的领土特权转变为由主权政治当局授予的权利。

第一个现代意义上的驱逐和庇护的案例,发生在欧洲宗教战争和改革的背景之下。1685 年,在《南特敕令》(the Edict of Nantes)——一度为新教徒提供法律保障——被撤销之后,法国的胡格诺派面临被迫改信天主教或者被驱逐的情况,在接下来的几十年中,还有超过四分之一的胡格诺派离开天主教的法国,前往外寻求庇护。正如难民研究者艾玛·哈达德(Emma Haddad)指出的,这种被迫迁徙的案例,与当代大规模逃亡的现状有很多共通之处。特别引人注目的,就是逃亡的目的是为了逃避政府对自己人民的压迫。事实上,"难民"一词首先被提出,就是与法国新教徒的宗教少数派有关。[1] 离开法国的难民中,大约有 4 万—5 万人定居在英格兰——尽管他们在英国遭受思乡之苦和暴力对待,

---

1 Emma Haddad, *The Refugee in International Society: Between Sovereigns* (Cambridge, U.K.: Cambridge University Press, 2008), pp. 51–53.

但很多人被当作技术娴熟的专业人士,为英国经济发展做出了贡献。

到18世纪后期,庇护的性质已经超越了主权概念——是否提供庇护,变成了人性中主权义务的体现。[1] 这一变化回到了庇护的宗教观念,即要求接待和保护陌生人。但是,提供庇护的法律义务,首先由法国政府在大革命之后颁布的1793年宪法提出,并将此作为更为广泛的、保护人民免受政治迫害的一部分。第102条法案,规定法国人民"donne asile aux étrangers bannis de leur patrie pour la cause de la liberté"(必须向那些为了寻求自由逃离本国的人提供庇护),这一法案在之后也继续被各国使用,并作为制定本国庇护原则的参考。

在整个20世纪,由于迫害引发的大逃亡,同样导致了大量的人员流动,刺激了国际社会。其中一个著名的案例,就是苏联在1956年镇压匈牙利的民主起义,导致20万人被迫出走,这一数字占当时匈牙利总人口的2%。这些难民中的绝大多数——大约有18万

---

[1] María-Teresa Gil-Bazo, "Asylum as a General Principle of International Law," *International Journal of Refugee Law*, Vol. 27, No. 1 (2015), p. 23.

人——首先通过卡车、火车甚至步行逃至奥地利。奥地利政府则立刻呼吁其他欧洲国家提供财政支持，共同解决难民安置问题。[1] 其结果是，多数难民很快又被重新安置到其他国家。对匈牙利危机的反应，为之后全球应对大逃亡确立了标准。分担责任的国家中包括加拿大，而加拿大和委内瑞拉一样，是仅有的两个没有配额却仍然接收难民的国家。在不到一年的时间里，3.7万名难民前往加拿大，很多还是乘坐由政府提供的船只。难民中有很多是匈牙利索普隆林学院（the Sopron School of Forestry）的教授、技术人员和研究生，他们在不列颠哥伦比亚大学里安家，并逐渐在加拿大西海岸重建了一所新的林业学院。

在发生战争的情况下，提供庇护的义务就体现得尤为频繁。在第一次世界大战中，整个欧洲、俄罗斯、奥斯曼帝国数以百万计的平民，由于国土被敌方占领，被敌方认为不忠诚或是"威胁因素"而惨遭驱逐。一个特别典型的案例，就是德军在第一次世界大

---

[1] Marjoleine Zieck, "The 1956 Hungarian Refugee Emergency, an Early and Instructive Case of Resettlement," *Amsterdam Law Forum*, Vol. 5 No. 2 (2013), pp. 45–63.

第三章 大逃亡的回归

战初期入侵比利时，杀死超过 6000 名平民，摧毁他们的家园和财产，并导致 150 万名比利时平民逃亡。在 1914 年的秋天，前赴后继前往英国寻求避难的比利时难民数量达到 20 万—25 万。英国南部港口福克斯通（Folkestone），在一天之内就接收了 1.6 万名走投无路的比利时难民。英国当地人热烈欢迎这些难民——英国中产阶级妇女赶到接待中心为他们做下午茶。这很大程度上也成为英国加入世界大战的理由：保卫比利时，以及欧洲的民主价值观，免于德国的侵略和专制压迫。[1] 此外，尽管英国在 1914 年已经加入了世界大战，但还没有参加任何一场重大战役，"照顾比利时人"就为普通英国人提供了参与战争的方式。这种同感心，加上比利时难民的精湛技艺和辛勤工作，对英国不断扩张的战时经济做出了巨大贡献。比如有一种说法就是，推理小说作家阿加莎·克里斯蒂（Agatha Christie）笔下的著名侦探，聪明而勤奋的赫尔克里·波罗（Hercule Poirot），其原型就是克里斯蒂在家乡托

---

[1] Gary Sheffield, *A Short History of the First World War*, (London,U.K.: Oneworld, 2014). See also the historian Hew Strachan's discussion of the 1914 Belgian migration on the BBC Radio program, *Start the Week*. 参见http://www.bbc.co.uk/ programmes/b07bb89x

基（Torquay）遇到的比利时难民。但是随着时间的推移，另一种似曾相识的情况又浮现出来：最初的同情和义务感变成了憎恨，特别是当比利时难民居住在精心设计、通有自来水和电的村庄里，而附近的英国人却享受不到这样的便利时。

由于冲突导致的移民，最为典型和在地域上最为广泛的案例，却是第二次世界大战。寻求庇护的难民来自多个国家，跨越了不只一条国境边界线。随着轴心国在欧洲被击败，一大批难民从欧洲东部流出，包括在纳粹统治结束后被驱逐的1200万名德国人，东欧被迫害的20万犹太人，以及在中欧超过100万的战时逃亡者。殖民统治的结束，以及发展中国家中新兴国家的建立，进一步加剧了这一历史性的难民流动。例如，1947年的印巴分治，就导致了大规模的公共暴力，造成1000万—1200万难民逃亡。1948年，以色列建国导致70万巴勒斯坦人逃往邻国，开启了世界上历时最长的难民危机。[1]

正是在这种背景下，我们现行的难民法律机制得

---

[1] Anna Holian and G. Daniel Cohen, "Introduction to Special Issue: The Refugee in the Postwar World, 1945–1960," *Journal of Refugee Studies,* Vol. 25, No. 3 (2012), pp. 313–325.

以确立。1943年,盟国建立了联合国家救济和援助管理局(the United Nations Relief and Rehabilitation Administration),以处理欧洲、非洲以及远东大量因战争流离失所的难民的相关事宜。1946年,这一机构改组为国际难民组织(the International Refugee Organization),这也是第一家在饱受战争蹂躏的欧洲全面应对难民危机的组织。尽管国际难民组织在运行的五年时间里,成功遣返或重新安置了100多万人,但是在超级大国之间出现的冷战,却意味着这一组织只能在西方控制的区域工作,无法应对难民逃离欧洲共产主义国家这一新挑战。但不管怎么说,联合国的很多成员认为,成立某种组织对于监督和协调全球难民问题至关重要。

1950年12月,在成员国就"成立这样一个机构应当具有什么样的职权"进行激烈辩论后,联合国通过决议,成立联合国难民事务高级专员公署(UNHCR),并将其作为联合国大会的附属机构。作为对于那些认为难民问题只是暂时性问题,不需要成立永久性实体机构的国家的妥协,联合国难民事务高级专员公署原先打算只从 1951 年 1 月开始运行三年。[1] 难民事务高级专员公署的最初授权，是"在非政治和人道主义的基础上，向难民提供国际保护，并为难民问题寻求永久的解决办法"。随后，这一授权又由联合国的若干决议加以扩大。几个月之后，在 1951 年 7 月，联合国批准了《关于难民地位公约》（the Convention relating to the Status of Refugees）——又被称作《难民公约》，这一公约建立在 1948 年《世界人权宣言》（第 14 条）的基础之上，明确人们有权在其他国家寻求庇护，确定谁可以申请难民身份，并规定获得庇护的个人的权利和给予庇护的国家的义务。

《难民公约》的核心，是"**不推回**"原则。这一原则禁止各个国家将那些被迫返回母国后，生命或自由将受到威胁的难民转移回母国。因此，各国需要在难民到达时处理避难申请，以确定该难民是否真的需要国际保护。如果答案是否定的，那么遣返程序就可

---

[1] 关于联合国难民事务高级专员公署的历史，参见 Gil Loescher, "UNHCR and Forced Migration," in Elena Fiddian-Qasmiyeh, Gil Loescher, KatyLong, and Nando Sigona, eds., *The Oxford Handbook of Refugee and Forced Migration Studies* (Oxford, U.K.: Oxford University Press, 2014)。

第三章 大逃亡的回归

以启动。如果答案是肯定的，申请人将获得难民身份：（1）将被赋予留住权；（2）州政府指导帮助其融入新的社交和政治圈子——这也就是通常所说的归化过程。尽管《难民公约》的范围最初仅限于1951年之前的欧洲难民，但是1967年的议定书取消了这些地理和时间的限制（在写作本书的时候，145个国家签署了《难民公约》，146个国家签署了《议定书》）。

难民事务高级专员公署原本的设计，是作为一个小规模、低预算的组织，负责监督《难民公约》的执行情况，并专门发挥法律咨询作用。但是在20世纪60年代，由于非洲国家新的冲突引发了大规模的难民流动，难民事务高级专员公署从几乎完全专注于欧洲事务的机构转变为一个每年预算要有三分之二花费在非洲问题上的机构。[1]

越南战争则为难民事务高级专员公署和国际社会提出了另一个挑战。1975年，西贡当局的垮台导致数

---

[1] 关于联合国难民事务高级专员公署的历史，参见 Gil Loescher, "UNHCR and Forced Migration," in Elena Fiddian-Qasmiyeh, Gil Loescher, Katy Long, and Nando Sigona, eds., *The Oxford Handbook of Refugee and Forced Migration Studies* (Oxford, U.K.: Oxford University Press, 2014)。

以万计的难民逃离越南（有些估计认为总数达到150万人），他们横渡大洋，前往东南亚的其他地区，如马来西亚、新加坡、泰国、菲律宾和中国香港。到1978年年底，很多人在这一过程中被淹死——新闻界称呼他们为"船民"（boat people）。还有一些人则生活在临时营地中，但当地居民的反感情绪却也日益升高。同样是在1978年，越南与柬埔寨和中国进行的两场战争，导致更多人试图离开印度支那。

溺水难民的照片传遍全球，也引发了全球性的抗议——正如2015年艾兰·库尔迪的照片一样。在难民事务高级专员公署的努力之下，各国达成一项协议，即允许难民在东南亚国家登陆下船，这一协议一直到80年代仍然有效。作为交换，所有获得难民身份的人都被转移到第三国,主要是在美国（接收82.3万难民）、加拿大和澳大利亚（各接收13.7万人）、法国（9.6万人）、英国（1.6万人），[1] 在这些国家中，难民也都继续做出重大的社会和经济贡献。从广义上说，在越南战争期间对流离失所难民问题的应对，表明了国际社会

---

1 http://www.historylearningsite.co.uk/vietnam-war/vietnamese-boat-people/

第三章 大逃亡的回归

集体应对全球性挑战的能力。

在20世纪80年代，难民事务高级专员公署进一步发展演变，不仅向寻求庇护的难民提供法律援助，而且还向整个发展中国家的难民营，和遭长期冲突影响的数百万难民提供物资援助。1991年，南斯拉夫的解体让欧洲再一次成为难民事务高级专员公署行动的焦点。克罗地亚独立战争（1991—1995）和波黑战争（1992—1995），及之后野蛮的民族冲突导致近400万人逃亡，大约有60万—80万人前往其他欧洲国家永久定居（其中大约有一半前往德国），在美国、加拿大和澳大利亚定居的难民有1万—1.5万人。[1] 在10年之内，南斯拉夫联盟共和国与要求独立的阿尔巴尼亚人的冲突爆发，又引发了第二次危机。1999年3月北约空袭后，在短短两个星期的时间里，超过50万人从科索沃逃往临近的马其顿。到1999年4月底，科索沃一半的居民成为难民，或在国内流离失所。

当时，以德国为首的欧洲国家在科索沃和马其顿建立难民营。北约部队最先进入，建立庇护所并提供食

---

[1] http://www.grida.no/graphicslib/detail/refugees-anddisplaced-people-from-the-former-yugoslavia-since-1991_0c5a

物，随后又将难民营的运作移交给难民事务高级专员公署和其他救济组织。有人呼吁各个欧盟成员国都接收一定配额的难民，但是——正如预计的那样——大多数欧洲国家反对这样的分担计划。1999年科索沃战争结束时，超过20万塞族和其他非阿尔巴利亚族的少数民族人口逃往塞尔维亚，也使塞尔维亚成为欧洲难民人口最多的国家。

难民事务高级专员公署现在是一个永久性的国际组织，年预算在35亿美元左右，并有超过125个国家的7000多名工作人员。难民事务高级专员公署多年来职能范围不断扩大——为难民、无国籍人士和其他流离失所者提供保护和援助——说明难民流动问题并不是一个暂时性的危机，而是长期的挑战，也是一个更为全球化的世界的核心特征。

衡量挑战的艰巨程度

然而，今天难民流动引发的担忧，其数量级却与以往遇到的有本质不同。在中东地区，难民危机反映了2003年的伊拉克战争、未结束的"阿拉伯之春"，

第三章 大逃亡的回归

以及随后的叙利亚和利比亚冲突的结果；在中亚和非洲的其他地区，难民危机源于长期存在的冲突——比如阿富汗和索马里——以及治理和安全的崩溃。从2011年到2015年，全球被迫逃亡的人数从4250万人增加到了6530万人，增长了超过50%。仅在2015年一年，由于冲突或迫害就导致超过1200万人逃亡——这意味着每天有34000人，或者每分钟有24人逃离家园，在其他地方寻求安全和保护。[1]

要理解这种运动的程度，请以不同的方式思考这些数字。如果今天全球逃亡者共同组成一个国家，那么这个国家的人口要比英国、法国和意大利的还要多，更是远远多于加拿大。每113个人中，就有1个人或者是难民，或者在国内逃亡，或者在寻求庇护。这其中有一半是儿童，其中有很多没有得到家长照顾，或是被迫与家长分开。更重要的是，很多移民再也不能回到母国。到2015年年底，将长期处于难民状态，或者无法进一步移民或重新定居的人数，将达到670万。[2]

---

[1] *UNHCR Global Trends: Forced Displacement in 2015.* 参见https://s3.amazonaws.com/unhcrsharedmedia/2016/2016-06-20-global-trends/2016-06-14-Global-Trends-2015.pdf

[2] 同上。

目前的危机不仅达到了前所未有的规模，移民的目的地国以及难民输出国的多样性也达到了前所未有的程度。如果你收听或收看西方媒体，会留下欧洲是现在难民危机中心的印象。但这只是部分事实。2015年，接收难民排名前五的国家都在欧洲之外——而且都是保护能力薄弱或者不堪重负的国家。[1] 土耳其位列榜首，接收了250万难民，其邻国黎巴嫩是人均接收难民最多的国家，每1000名公民接收难民数量为183人。这两个国家的人口结构，以及社会的几乎所有方面都受到移民的深刻影响：劳动力市场、公共财政、健康医疗、教育、基础设施建设、交通管制，以及垃圾废物处理，等等。2014年，黎巴嫩教育部部长埃利亚斯·布·萨博（Elias Bou Saab）将难民危机与飓风及地震等自然灾害做对比，但是在难民危机中，"地震不只是发生了一次，而是持续了四年"。

导致今天难民逃亡危机的主要原因是叙利亚内战。到2015年年底，叙利亚已经成为难民最大的输出国，有490万叙利亚难民定居在120个国家。尽管绝

---

[1] 排名位居前五的国家是：土耳其（250万）、巴基斯坦（160万）、黎巴嫩（110万）、伊朗（97.94万）、埃塞俄比亚（73.61万）。

第三章 大逃亡的回归

大多数叙利亚难民由其邻国接收,但是许多移民的最终目的地是欧洲。

2015年,超过100万难民进入欧洲,其中有将近95万人提出了避难申请。正如难民事务高级专员公署的官员所说的,这场"前往欧洲的大游行",是由一系列因素叠加的结果,其中包括走私贸易加剧,以及在总理安格拉·默克尔领导下的德国开放政策(在2015年一年,德国接受了欧洲三分之一的难民庇护申请)。最重要的是,逃亡数量的大幅飙升反映了难民丧失希望。有很多人逃离母国时,觉得自己的逃亡只是暂时的,但是在临时难民营(甚至更糟的环境)生活了数年之后,他们母国(特别是叙利亚、伊拉克和阿富汗)持续不断的冲突和战乱使他们感到绝望,继续希望能在欧洲获得难民庇护。

和库尔迪一家一样,越来越多的向欧洲进发的难民家庭希望能横跨地中海——相比于北非的陆路通道,这条路线更短,也更安全。但是到2016年,地中海已经成为世界上最知名的"边境"之一。在西方国家,特别是欧洲,针对"内部人"和"外部人"进行的激烈辩论,正在主导大选结果以及公共政策的方向。对于流入欧盟,以及欧盟内部人员流动的关切,是英国2016年公投是否退出欧盟的一个至关重要的因素。英国脱欧运动的重要一方——英国独立党——举行了一场新闻发布会,该党领导人奈吉尔·法拉奇,在一个绘有长长的难民和移民队列的海报前发表题为"突破点"(Breaking Point)的演讲。尽管英国主流政党和政治家都谴责这一海报,认为这一海报煽动种族仇恨,但是认为英国已经接纳太多"外国人"的情绪仍在滋生蔓延,这也是更多人投票支持"脱欧"的原因之一。

新的欧洲隔离墙

第二次世界大战之后,世界最后一次面临这样规模的移民危机。各国团结起来,共同缔造了《联合国宪政》《世界人权宣言》和《难民公约》。不过,在这一次难民危机中,坚强的领导力却是稀缺之物。

一方面,一些政治家表现出了政治勇气,其中最为著名的是德国总理安格拉·默克尔。她坚持认为,开放政策是德国的人道主义责任。她公开谴责东欧国家的一些政客,特别是匈牙利总理欧尔班。她认为匈牙利在南部边界设置隔离屏障,是没有从铁幕中吸取教训的表现。"只靠建立一道墙不能阻止难民",她在2015年秋天这样说道,"我已经在围墙背后生活了足够长的时间"(指的是她自己在民主德国生活的岁月)。在面对来自自己政党党员的批评,以及民调支持率不断下滑时,默克尔坚持强调,庇护权是德国《基本法》的重要组成部分,直接反映了对抗纳粹遗产的努力。

很多普通百姓也积极向难民提供援助。那些居住在其中一个重要前沿、成为数以千计的移民登陆点的希腊岛屿的居民——尽管希腊由于国内出现严重的经济危机,无法接纳更多的移民——给予移民热情的欢迎,并提供了不懈的帮助。为了表彰他们的同情心和自我牺牲精神,一些世界著名大学(包括牛津和哈佛)的杰出学者团体,已经提名希腊群岛的来兹波斯、科斯、奇奥斯、萨摩斯、罗德以及勒罗斯等岛上的居民角逐诺贝尔和平奖。在德国,随着默克尔总理宣布对难民的开放政策,"欢迎难民"(Refugees Welcome)这样被称为"难民的Airbnb"的基层组织也应运而生。而在加拿大,当地的教会和私人公民机构,都在筹措资金,支持从叙利亚来的难民家族在本地重新定居。通过生活在"收养家庭"

家里，普通公民已经证明能比加拿大政府做得更好，加拿大也可以接纳更多的难民。这种模式同样引起了国际关注和兴趣。《纽约时报》的一篇特写文章赞叹加拿大"行善事的愤怒暴徒"，正迫不及待地欢迎流离失所的叙利亚人。[1]

另一方面，自由庇护政策以及地方的难民处理和接待中心也遭到了反对。德国的《时代周报》(*Die Zeit*) 2015 年报道了超过 200 起发生在德国的难民袭击事件，造成约百人受伤。尽管安格拉·默克尔在 2015 年 9 月做出承诺，德国警方将以一切手段对袭击者进行调查和起诉，但只有四次袭击最终被定罪。[2] 更令人不安的是恶性致命袭击的增加，其中就包括 2016 年年初的一起袭击，当时有一枚手榴弹（所幸未被引爆），被扔进德国南部菲林根–施文宁根的一所有超过 200 人居住的庇护中心。

欧洲对于难民政策的看法正在变得强硬，这也揭

---

[1] Jodi Kantor and Catrin Einhorn, "Refugees Encounter a Foreign Word: Welcome," *New York Times*, 1 July 2016. 参见http://www.nytimes.com/2016/07/01/world/americas/canada-syrian-refugees.html?_r=0

[2] http://www. zeit. de/politik/deutschland/2015-11/anti-immigrant-violence-germany

示了当代自由民主的黑暗一面。在 2015 年 11 月所做的"欧洲晴雨表"（Eurobarometer poll）调查中，移民被欧盟各国公民认为是当前欧盟面临的最为突出的问题（除了葡萄牙，移民是第二大突出问题）。令人震惊的是，有超过 58% 的欧洲人认为，移民是他们最为突出的担忧之一。[1] 这样的一个调查数据，是发生在各方对于欧洲边界所面临压力的本质、触发因素以及解决方案进行激烈讨论的背景之下。而至于目前发生的大逃亡将如何发展，依然无法确定。可以说，我们不能将其当作暂时的危机——这意味着问题尽管尖锐，但是短暂，而是将其看作一种"新常态"（New Normal）。这是我们自己创造出的一种常态。国际社会无法解决的中东冲突，再加上"伊斯兰国"扩张领土，恐吓其控制下的普通民众，将继续造成数以千计寻求保护的移民。

更广泛地说，我们正生活在这样一个时代：国家政府机构腐败、低效或者——在某些情况下——根本

---

[1] Standard Eurobarometer 84. 参见http://ec.europa.eu/COMMFrontOffice/PublicOpinion/index.cfm/Survey/getSurveyDetail/instruments/STANDARD/surveyKy/2098

不存在，所引发的大规模国家失败，以及政府不能向其人民提供基本的安全保护，更不用说公共服务。这些都是福山认为仍然会陷在"历史"泥潭中的部分，直到他们能真正拥护自由民主带来的益处。但随着几十年来，在国外推广民主的努力已经说明，身处危机中的国家所面临的结构性挑战，不可能通过移植西方的经济和政治模式在一夜之间消除。这些国家的许多公民，生活在经济困难、法治薄弱，以及——在最糟糕的情况下——遭受政治暴力和冲突的压迫的环境之下。由于现代发达的通信技术，他们意识到其他地方还有和平和繁荣可以替代他们的生活。西方的民主制度就像磁铁一样吸引着他们的愿望。

尽管我们希望看到全世界范围内，自由民主国家的范围进一步扩大，足以向其民众提供安全和经济发展的需求。但实际上，我们看到的更多是全球人口向和平和繁荣地区的大规模流动。毫无疑问，难民将继续在欧洲寻求安全的避风港，有些人会克服各种困难坚持前往欧洲。欧盟青睐的一种回应方式，是增加对那些移民和难民流入最多的国家难民营的援助。但是在最近几年，约旦和黎巴嫩等国已经采取措施，几乎完全停止新移民的流动，并逐步取消移民在国内停留的许可。这也让土耳其成为欧盟边境唯一的庇护所——欧盟也已经认识到了这个事实。2015年年底，土耳其和欧盟达成协议，土耳其作为欧洲的"保护者"，通过帮助欧洲抵御非常规移民的方式换取经济援助，以及欧盟重新开启接纳土耳其为成员国的谈判。在2016年春天，双方达成了一项意义更为深远的协议，即抵达欧洲的申请避难者可以返回土耳其——后者被认为是个安全的国家，在所有的难民都返回的情况下，欧盟将重新安置生活在土耳其境内的被承认的难民。[1]

除了这些措施之外，欧洲还被迫进一步加强了在地中海的搜索和救援工作，而地中海已经被描述为"欧洲的坟场"。2013年的兰佩杜萨（Lampedusa）海难造成360名利比亚移民死亡，作为对此事件的直接反应，意大利发起了《地中海运营条例》（Operation Mare Nostrum），在当年就成功营救了150810名移民，并逮捕了330名疑似蛇头。[2] 2015年，意大利的行动方案被

---

[1] 对这一协议的评价，参见 http://www.bbc.com/news/world-europe-35854413

[2] http://www.marina.difesa.it/EN/operations/Pagine/MareNostrum.aspx

欧盟的"索菲亚行动"（Operation Sophia）所取代，这一行动旨在打击南地中海地区的非法走私活动，同时也兼顾对移民和难民的搜索和救援。根据欧盟的统计，已有1.3万人获救，超过100条非法走私船被摧毁。

尽管这一任务总体上被认为取得了成功，但也有很多人指出，这一任务对打击大规模逃亡潮只是"治标不治本"，走私者只需要简单地调整自身策略即可以轻松应对。[1] 统计数据似乎证明了这一批评：在2016年5月短短三天的时间里，就有700名移民死于试图穿越地中海的橡皮船上。面对这一残酷的情景，非政府组织"海洋观察"（Sea-Watch）的救援人员将荧光救生衣绑在漂浮在水中的尸体上，这样在附近的意大利海军舰艇就可以很容易地发现尸体。"这很奇怪"，一名参与救援的队员回忆道，"我们一般都用救生衣救活人"。[2]

尽管默克尔和其他欧洲政治家一再呼吁制订共同

---

[1] 参见，英国上议院关于索菲亚行动的报告，http://www.publications.parliament.uk/pa/ld201516/ldselect/ldeucom/144/14404.htm#_idTextAnchor005

[2] Patrick Kingsley, "More than 700 migrants feared dead in three Mediterranean sinkings," *Guardian*, 29 May 2016. 参见：https://www.theguardian.com/world/2016/may/29/700-migrants-feared-dead-mediterranean-says-un-refugees

应对危机的解决方案，但欧洲各国一直未能就如何应对欧洲大陆面临的危机达成一致。从理论上说，欧盟有能力，也有资源对难民危机做出更为积极的集体反应。这样做也更符合大多数国家的利益：应对难民危机可以帮助欧盟进行长期的改革——比如加强外部边界建设，加强共同的安全和外交政策，以此在欧元危机之后重振欧盟。

然而，欧洲的政治家们仍然没有设计出一条更清晰、更安全的途径，或者施行更为公平的分担寻求庇护者负担的建议。当面对对欧盟成员国共同决心的考验和挑战时，欧盟成员国悲惨地失败了。欧洲国家对难民肮脏的生存条件熟视无睹，无法满足基本的医疗和人道主义需求。他们阻止难民的努力只是使难民更多地依靠地下人口走私网络，选择更为危险的旅行线路前往欧洲。在一份名为《前往欧洲的障碍》(*Obstacle Course to Europe*)的报告中，人道主义组织"无国界医生"称，2015年是欧洲"灾难性的一年"，因为欧洲无法保护数以万计的难民。[1]

---

[1] *Obstacle Course to Europe: A Policy-Made Humanitarian Crisis at EU Borders*, Médecins Sans Frontières, December 2015. 参见http://www.msf.org/sites/msf.org/files/msf_obstacle_course_to_europe.pdf

在冷战结束四分之一世纪之后，这就是一个胜利的自由民主国家组成的联盟看起来的样子？

21世纪的难民危机……

今天难民数量的暴涨，与以往最大的不同，就是逃亡者动机的变化。我们目前关于难民的法律和政策框架，是基于第二次世界大战期间纳粹德国受害者的经验。一种理想/典型的难民，是由于受到危及生命的危险，别无选择而离开家园的人——通常是由于政治观点或因为宗教、种族等因素而遭受迫害的群体。一个固有的假设是，难民和其他移民的区别在于他们是被迫离开家园。他们是被赶出他们的国家，而不是抱有过上更好生活的希望被吸引到其他国家。这样的一种印象以及规定并非出于难民的动机或者选择。相反，他们的命运都是被自己无法掌控的力量摆布。

然而，第二次世界大战结束之后，逃亡者的驱动力也发生了变化，变得越来越多样，强制和自愿移民也变得越来越难分辨。今天的难民中，因为受到种族、宗教、民族和政治信仰迫害而逃亡的只是少数，越来越多的人是因为内战、大规模暴力、粮食危机、自然灾害和环境变化等其他原因被迫逃离家园。虽然一些国家的难民规定和政策已经将这些因素考虑了进去，扩大了移民可以申请避难的范围，特别是将针对性别的大规模暴力和性侵犯，作为申请避难的重要因素，但是要彻底改变原有的难民政策框架，依然面临重重阻力。这些规定总体上看，还是和1951年的时候没有区别。

另外两个当代的问题对难民的典型／理想形象构成了严峻挑战。首先，今天的难民组成变得更为复杂，并与过去几十年出现的其他类型移民相互交织，特别是那些为了摆脱贫困和失业的经济移民。为了阻止这类经济移民，许多西方国家已经对移民施加了限制，但这种做法也限制了在其他国家寻求庇护的难民的法律选择。其结果是，越来越多寻求庇护的难民被迫采用秘密和非法的移民方式（很多时候还与犯罪组织有关系），这也让他们更多地与经济移民合流。这有时候被称为"混合型流动"，使接受国很难区分难民和其他移民的区别[1]，这给民粹主义政客提供口实，他们以此质疑难民在西方国家寻求庇护的动机。

同时，虽然西方的规则旨在解决简单情况，但是大逃亡的推动和吸引作用之间始终存在复杂的相互作用因素。今天的难民的驱动力是由各种动机组合起来形成的——不仅仅是逃避暴力和侵犯人权，同样也是寻找工作，提高生活水平。这不仅增加了区分难民和经济移民的挑战，也对法律和政策决策中的"清晰"分类提出了质疑。他们到底是移民还是难民？这个问题的答案，对于如何对待那些来到我们国家海岸上的人来说至关重要：如果他们是难民，政府就有法律义务收留他们，直到他们的避难申请得到批准；如果他们被认定是移民，那么就要被遣返回自己国家。但是现实是，很多人是居于两者之间。

即便是在那些被认为是寻求庇护者的类别中，图

---

[1] 关于"混合移民"现象的概述，参见Nicholas Van Hear, Rebecca Brubaker and Thais Bessa, "Managing Mobility for Human Development: The Growing Salience of Mixed Migration," *Human Development Research Paper 2009/20*. United Nations Development Program。参见https://mpra.ub.uni-muenchen.de/19202/1/MPRA_paper_19202.pdf

景也不像过去那样清晰。历史上，难民一般在到达的"第一个国家"（first country）寻求庇护。但是在今天，像过去的难民一样，成功抵达欧洲国家海岸上的人，都展现出了非凡的能动性。因此，有理由认为，他们有明确的意愿想要开始新的生活——比如，基于家庭成员或者同胞关系网络的存在，学习目的国语言、寻求工作机会，当然也相对更难获得难民身份。其结果是，一些人并不会在他们抵达的第一个安全国家寻求避难。例如，数以万计的难民抵达希腊岛屿，但他们想要申请避难的国家却是德国或瑞典，这两个国家距离希腊还有相当遥远的路程。

这种行为，在很多人看来是"经济移民"或者"福利寻求者"，而非"真正的难民"。但是我们需要问问自己，难道我们就没有这样的想法吗？难道我们不想为我们自己和后代寻求更好的生活机会吗？艾兰·库尔迪一家在土耳其——一个安全的第三国——生活了很长时间，却没有任何谋生之路。难民越过"第一个安全国家"的行为，也给帮助和保护难民的组织制造了很多麻烦。在一个资源稀缺的世界里，类似联合国难民事务高级专员公署的组织该如何自处？它是否应该坚持"第一个安全国家"的原则,还是为难民前往第三国提供便利?

当代移民的第二个鲜明特征,是对于新技术的依赖。信息和通信技术的革命,也同样改变了逃亡的本质。随着智能手机越来越普及,更多人能用得起智能手机,互联网、社交网络、即时通信软件越来越便于使用,彻底改变了难民在旅程中所经历考验的方式,并告诉了他们最终应该到什么地方。这些工具使得难民(以及潜在的难民)之间的信息交流更容易、更快速、更准确,可以帮助他们了解如何逃避边界管控,以及目的地国的具体情况如何。在《连线》(*Wired Magazine*)杂志的一篇文章中,亚历山德拉·拉姆(Alessandra Ram)写道:"应用程序各种各样,有的能帮人找到睡觉的地方,有的能帮助翻译外语,有的能指导如何打包,有的能帮助理财。移动设备可以满足人的所有需求。"[1] 乘船偷渡者经常利用 WhatsApp 登录谷歌地图,看看自己的最新位置,这不仅可以让他们躲开制造麻烦的政府当局,还可以让他们避免过高的话费。对于 27 岁的叙利亚难民哈桑 (Hassan) 来说,他穿越 10 个国家最后来到英国,当他从土耳其到莱斯沃斯岛乘坐

---

1 http://www.wired.com/2015/12/smartphone-syrianrefugee-crisis/

的9米小艇沉没时,技术也救了他的命。当时他拼命把手机伸出水面,给朋友发短信,让他们通知土耳其海岸警卫队来营救,并一直坚持到了最后。[1]

但对于很多接受国来说,移民带着手机到达海岸的场景,颠覆了他们对于"挤作一团的难民"的印象。接受国不禁纳闷,他们到底有多需要帮助?当人们因为暴力和压迫被迫逃离,他们必须迅速做出决定,该带些什么,不该带些什么。对那些离开战后欧洲的人来说,他们带的可能是一张照片,一个小传家宝,或是一个大学文凭。但这是21世纪的大逃亡:最宝贵的财产是智能手机。这是难民寻找安全通道,并与亲人保持生命联系的唯一工具。

智能手机不仅增强了那些前往欧洲的难民的能力,同样也使难民营中的难民能力大增。最近对扎塔利(Zaatari)难民营(设在约旦的一座叙利亚难民营)的调查显示,超过80%的年轻人拥有智能手机,超过50%的人每天使用互联网超过一次。[2] 认识到向脆弱难

---

[1] http://www.independent.ie/business/technology/news/howtech-firms-are-helping-to-solve-the-refugee-crisis-34262301.html

[2] http://news.psu.edu/story/350156/2015/03/26/research/ist-researchers-explore-technology-use-syrian-refugee-camp

民提供互联网接入服务的巨大意义,"脸书"(Facebook)的创始人马克·扎克伯格(Mark Zuckerberg)于2015年9月请求为所有的难民营提供互联网接入,他告诉联合国论坛,"互联网接入可以有效促进人权发展"。

技术改变大规模逃亡的另一种方式,是提供新的手段,以更有效地帮助难民。除了帮助难民寻找住处外,还有个智能手机程序可以帮助难民熟悉了解自己居住的新城镇和城市,了解如何向官僚机构寻求庇护,以及获取包括医疗卫生服务在内的基本服务。技术进步也让在海上营救生命更为容易。欧洲边防部门负责巡逻地中海大约250万平方公里的地区,移民离岸援助站(the Migrant Offshore Aid Station,MOAS)——设在马耳他的人道主义项目——利用两架远程遥控飞机,即所谓的无人机扫描整个海域,定位身处困境的难民。西贝尔公司(Schiebel)的Camcopter S-100航拍无人直升机飞行时间长达6小时,并可以提供实时视频,在营救过程中发挥了重要作用,使移民离岸援助站挽救了10000多人的生命。[1]

---

[1] http://europe.newsweek.com/five-ways-technolog yhelping-refugee-crisis-333741

然而，技术进步其实也是双刃剑，不仅为难民和帮助难民的人提供了更多机会，同时也给那些想从难民身上谋利的人提供了便利。比如说，阿拉伯语的"脸书"群组已经成为蛇头张贴广告最为便利的地方。同时，政府利用新技术增强边境管控。过去几年，生物识别技术（利用指纹、面部识别和虹膜扫描）的不断发展，应对越来越广泛，并不是偶然：在难民危机出现之后，人们开始担心无法发现难民与潜在恐怖分子之间的关系所引发的安全隐患。事实上，美国政府已经公开宣布，开发新技术就是基于防范恐怖分子的目的。

我们当代的大逃亡与以往的最后一个区别，就是难民跨越国界的方式不同。21世纪，旅行的性质发生改变，对难民来说特别不利。一方面，我们生活在一个日益全球化的世界，对很多人来说，旅行的含义变得高度"民主化"。城市间的交通方式相较以往更为频繁、快捷，也更为便宜。廉价航空旅行的爆炸式发展，让中低收入阶层有能力到达世界的其他地方。这也为难民出行提供了便利，土耳其航空（Turkish Airlines）将航线延伸至索马里，就清楚地说明了这一点。

另一方面,西方政府正不断加大力度,打击非法移民(包括申请避难的移民)。这些政策不仅包括加强对边界的巡查力度,甚至还有开发生物识别的先进技术。他们也在国外控制移民,通过巡逻公海,在移民踏上他们国土之前遣返移民,以及要求航空公司、私营安保公司和中转国不得让移民进入他们国家。[1]

具有讽刺意味的是,这些进展迫使今天寻求庇护的移民们采取更为前现代的方式旅行,以绕过这些限制:步行穿越国境以逃避检查站,或是冒险横渡公海。特别值得指出的是,在 20 世纪 70 年代,越南难民被迫乘坐船只,是因为当时的共产党政权规定出国是非法的,因此搭乘航班离开越南是根本不可能的。而现在试图坐船进入欧洲的难民,则认为没有其他合法的方式可以让他们进入欧洲。西方的政策无意中导致了地中海上的屠杀。他们也促进了价值数十亿欧元的人口走私犯罪产业的发展。

---

[1] Thomas Grammeltoft-Hansen, *Access to Asylum: International Refugee Law and the Globalisation of Migration Control* (Cambridge, U.K.: Cambridge University Press, 2011).

……或是 21 世纪的安全威胁？

冷战结束以来，大多数西方国家面临的军事威胁迅速下降，学术界和大众对于安全的概念也更为广泛。从总体上说，移民特别是难民，越来越多地被西方国家政府以及选民描述为对国家安全的潜在威胁。

这种将难民避难"安全化"（securitization）的一个例证，就是将安置难民的责任，看作和平与安全的问题，并聚焦导致难民流离失所的直接原因。在这样的观念下，出现下面的情况也并不奇怪，2015年秋天，欧盟旨在阻止移民从利比亚海岸进入欧洲的"索菲亚行动"进入第二阶段，他们要求联合国安理会提供授权，而联合国安理会其实是负责国际和平和安全的机构。安理会授权成员国"采取一切必要措施"（强制措施的同义词），对付在公海上涉嫌用于偷渡和人口走私的船只。

安全化的逻辑从原因延伸至结果，强调难民的存在破坏邻国的安全稳定、社会凝聚力和国家认同。最近的一个例子是肯尼亚政府试图关闭世界上最大的难民营达达布（Dadaab），因为肯尼亚政府担心难民营中的索马里难民众多，可能成为恐怖分子的征兵地。这种恐惧也蔓延到西方国家，其中最为突出的是美国，移民和难民流入（特别是穆斯林或阿拉伯人）将威胁国家安全的观点，也为更为严格的边境管控和庇护政策提供了合法性。

2015年11月，法国巴黎的酒吧和夜总会连续遭到恐怖袭击，袭击者据称是在希腊申请避难后进入欧洲，并渗透至法国——这一联系从未得到确切证实。2016年新年前夜，在德国科隆和其他一些欧洲城市爆发性骚扰丑闻，其中一些嫌疑人被认为是来自中东和北非。在欧洲寻求避难的青年男性，同样增加了欧盟国家民众的不安全感。年轻单身男子在难民潮中比例过高的事实，也导致很多人预测性骚扰、犯罪和恐怖袭击将会增加。

在这些事件的影响下，西方世界持强烈反移民态度的极右翼民粹主义政党，支持率得到史无前例的增加。在法国，玛丽娜·勒庞领导的国民阵线在2015年12月的地区选举第一轮投票中得票最多。更有戏剧性的是，2016年春天，诺伯特·霍弗（Norbert Hofer），

第三章 大逃亡的回归

奥地利极右翼自由党（Freedom Party）领导人，通过放大对移民的恐惧来获得政治优势。该党主宰了第一轮投票，并在第二轮投票中仅仅以微弱劣势输给了得到联盟支持的绿党（Green Party）候选人。在欧洲的很多其他地方，包括倾向于自由主义的斯堪的纳维亚和荷兰，反移民政党的支持率也大大上升，在联合政府中的影响力也明显提升，对过去70年在欧洲政府中占据主导地位的中间派政党造成严重打击。这些政治领导人，比如默克尔，试图对难民采取更为欢迎的政策，却遭到猛烈批评——批评既来自国内的民粹主义政党，也来自其他的欧洲国家。一些人甚至指责德国总理的开放政策导致英国民众决定退出欧盟。

这些民粹主义政党胜利的方式——动员民众对替罪羊（难民）的恐惧和不信任，并提出了一个简单的解决方案（关闭边境）——正在侵蚀左右之间的传统意识形态分野，消灭了可能存在的中间地带。[1] 这种恐惧政治将我们带回了更简单的过去，即（假设）民族国家更加平均和自给自足，并呼吁建立更强有力的

1　Ruth Wodak, *The Politics of Fear: What Right-Wing Populist Discourses Mean* (Thousand Oaks, CA: Sage Publications, 2015).

民族主义政治议程,让"我们"置身于控制之下。对于欧洲自由民主,更令人担心的伤害是,一些主流政党也已经加入了这一政治议程,从而损害了第二次世界大战之后欧洲从废墟中重建的价值观基础——比如说,欧洲国家之间的信任和相互依赖。

难民造成的威胁,同样也主宰了 2016 年美国总统选举共和党人提名之争。唐纳德·特朗普号召禁止所有穆斯林移民前往美国的呼吁臭名昭著——"如果我是总统,他们不能来美国",他试图塑造总司令的形象,保护美国免受敌人侵害,并为辩论定下基调:谁以及多少人应该"进入"美国?在巴黎恐怖袭击之后,美国有四个州宣布不接纳叙利亚难民,美国众议院在投票中,以绝对优势搁置了奥巴马总统的难民计划,这一计划原定在美国接受 10000 名难民。

难民和寻求庇护者的"安全化",导致西方世界各国政府不再欢迎移民进入其社会,而将其精力转向如何阻止难民到来。各国政府都在尽力推翻"不遣返"的责任,并抵制难民与社会进一步融合。他们还高度重视处理庇护请求中的公平问题,认为要向西方国家提出庇护请求的,不一定是最需要国际保护的群体。

第三章 大逃亡的回归

考虑到旅途中的花费和旅行的难度,一般认为只有相对富裕、年轻、体格健壮的难民才有能力到达欧洲,而这在难民总体中比例很少。

各国对接受难民传统方式的疑惑——正如在《难民公约》中提出的——使一些国家,包括加拿大,倾向于采用另一种方式:有组织地预选,找出那些更容易永久定居的难民。与接收到达的移民相比,重新安置的好处,在于政府能更好控制"谁能来"。政府能够有效地筛选那些最需要得到国际保护的人,而非健康、年轻、有钱,有能力到达欧洲的人。对于担心"插队",或是担心难民有安全隐患的选民来说,这种方式无疑更令人满意。

尽管这一选项相当有吸引力,但是相对于全球范围内难民安置的数量,无疑只是沧海一粟。目前,得到安置的难民数量仅占全球难民数量的 1%。[1] 同时,难民安置在欧洲国家也不受欢迎,因此这一方式并没有减少申请避难的数量,反而为难民系统增加了更多

---

[1] Joanne van Selm, "Resettlement," in Elena Fiddian-Qasmiyeh, Gil Loescher, Katy Long, and Nando Sigona, eds., *The Oxford Handbook of Refugee and Forced Migration Studies* (Oxford, U.K.:Oxford University Press, 2014), p. 514.

的压力。有人认为，增加西方国家的安置数量，将大大减轻随机抵达边境的难民的负担，但是目前还不清楚，这些有资格得到安置的人，与那些冒着生命危险到达西方的人，是不是属于同一个群体。

给予政府挑选接收哪些难民的自由，同样也会带来不小的危害。一些政府的安置行为被怀疑只是找那些在经济上有用的难民，而将那些弱势群体留在难民营。澳大利亚的移民安置计划，就被批评是增强边境管控的借口。此外，对于哪些难民更容易融入当地群体的讨论，也掩盖了遴选过程中的种族、民族和性别歧视，也让某些特定种族和宗教群体在此过程中更具优势。加拿大的叙利亚难民接收计划只接收妇女、家庭和男同性恋——因为这些群体相对而言危害更小，或者更容易受到迫害，比如男同性恋，这也是这一政策被认为极具侮辱性的原因之一。但是还有一些欧洲国家领导人——包括美国总统候选人——呼吁，只接收基督徒难民。

很多西方国家采取措施，试图阻止难民的到来，这也使得到达西方国家之后申请难民身份尤为困难。尽管边境从来没有完全封闭，但也有证据显示，针对移民和申请避难的限制性政策起到了一定的威慑作用。[1] 然而，这一方式的成本，并不仅仅是金钱方面的。加强边境管控影响了自由民主社会的重要特征，并剥夺了对那些真正需要帮助的人接受国际保护的权利。自由民主国家从来就是创造国际机制、促进人权保护的先驱——包括庇护的权利。正如加拿大作家和学者叶礼庭（Michael Ignatieff）指出的[2]，这一"人权革命"的核心是人权是普世的、无条件的——人权属于所有人类，无论其民族，在哪出生。自由主义同样与自由贸易和迁徙自由的观念息息相关，对难民和寻求庇护者关闭边境，西方国家似乎将货物和服务的自由流动置于人的自由流动之上。

西方采取限制性的庇护和难民政策，还将带来另一个负面效果：为"伊斯兰国"这样的暴力极端组织的宣传战提供弹药。当西方自由民主国家对这些绝望的、失去国家的民众关上大门，却正中恐怖极端组织

---

[1] Eiko Thielemann, *Does Policy Matter? On Governments' Attempts to Control Unwanted Migration*. IIIS Discussion Paper No. 9(2003). 参见 http://papers.ssrn.com/sol3/papers.cfm?abstract_id=495631

[2] Michael Ignatieff, *The Rights Revolution*, 2nd Edition (Toronto: House of Anansi Press, 2007).

下怀，为它们对西方的仇恨宣传提供了新的证据。[1]

改变脚本

为了更有效、更人性化地应对 21 世纪的大逃亡，西方自由民主国家需要变得更为大胆、更有创造性地履行其保护责任。这需要有三个要素：政策创新，以回应当代移民的本质；转变观念，将难民视为才能和技能的贡献者，而非负担；再次激发我们的道德考量，对这些寻求更好生活的人给予更多的同情。

作为第一步，在传统的归化政策和有组织的重新安置之外，政府可以更为积极地探索替代方案。一个选项是，在黎巴嫩、约旦、土耳其这样的难民中转国家颁发特殊的"人道主义"签证（special "humanitarian" visas）。这有两方面好处，可以使难民的迁徙之路更为安全。一方面，他们可以不用冒险走偷渡路线或是其他危险通道，另一方面，在他

---

[1] 关于这一风险的讨论，参见 *The United States and the Syrian Refugee Crisis: A Plan of Action, Shorenstein* Center on Media, Politics, and Public Policy, Harvard University, January 2016. 参见http://shorensteincenter.org/ united-states-syrian-refugee-crisis-plan-action/

们大规模抵达西方国家之前,有人可以检查旅客身份以保证目的国的安全。[1] 另一个选项是向难民提供临时保护文件,同时也为最终将他们遣返回原籍国留下可能性。当第二次世界大战后制定《难民公约》时,重新安置主要是因为重新划定国境线(特别是德国、波兰和巴尔干地区的国境线),因此这样的重新安置都是永久性的。这也是为什么难民安置更倾向于永久安置,并在新国境线内的居住地里加强融合。然而,在20世纪80年代,世界上大约有一半的难民都生活在非洲,联合国难民事务高级专员公署以及其他联合国机构鼓励一旦难民输出国的冲突强度减弱或结束,就将难民遣返回国——他们担心难民数量越来越多,接收国负担会越来越重。大概在同一时间,美国提出临时保护制度,**已经身处美国的指定国家民众**,将自动获得"保护"资格,而不是永久居民身份。

即便欧盟有临时保护措施,但在当前危机中也还

---

[1] http://migrationpolicycentre.eu/docs/policy_brief/P.B.2015-12.pdf?utm_source=MPC+Newsletter&utm_campaign=5d651e0cf8-New_MPC_Policy_Brief_12_22_2015&utm_medium=email&utm_term=0_5739ea1f8b-5d651e0cf8-40570957

没有实施。这一原因可能是叙利亚难民流动旷日持久的结果：在中期内，我们还看不到叙利亚冲突结束的可能，实施大规模遣返的可能性也很小。另一个原因，或许在道德上是有问题的：允许临时的保护措施，可能会吸引更多人申请难民。最后的一个担心是，如果到了欧洲的土地上，难民可能有很多方式避免被遣返（而如果他们住在难民营，一旦难民营被关闭，他们别无选择，只能接受遣返）。

各国政府还可以探索这样的一种可能性，即赋予重新安置的难民双重身份：既可以回到自己的祖国重新定居，也保留在庇护国的居留权。如果他们回国面临的风险可控，或是有兴趣为重建祖国做出贡献，那么"循环"（revolving）或者"兼职"难民可能更有兴趣采取自愿回国的方式。数以百万的没有正式援助计划的人都在寻求这样的跨国解决方案。如果能得到庇护国家和更为广泛的国际社会的适当支持，应该还会有更多的选择。[1]

---

1 Laura Hammond, "'Voluntary' Repatriation and Reintegration," in Elena Fiddian-Qasmiyeh, Gil Loescher, Katy Long, and Nando Sigona, eds., *The Oxford Handbook of Refugee and Forced Migration Studies* (Oxford, U.K.: Oxford University Press, 2014).

第三章 大逃亡的回归

要设计出这些更具创意的解决方案,同样面临很多阻碍,其中最大的障碍可能就在当代的自由民主国家之中:经过民主制度选举出的政治人物只关心短期利益。在他们的 DNA 里,首先要解决的是公众对于时事危机的反应,而非对于某些特定挑战的长期回应。这也是公众讨论如此之激烈的原因之一,即或者是关于导致大规模逃亡的深层次结构性原因的讨论——比如长期的冲突和国家失败——或者是关于西方社会人口老龄化趋势的讨论。这些都需要一个开放而非封闭的边界。

为了改变大逃亡的脚本,西方自由民主国家的民众需要认识到,正如土耳其裔美国哲学家塞拉·本哈比(Seyla Benhabib)的话,"他者并不是无处不在"。[1] 她正在我们的边界,要求进入,或是尝试在我们之间谋生。

我们在思想观念上还需要三个特别的转变。第一个转变,是要重新审视自由民主国家内部长期存在的辩论,即我们作为政治群体成员的权利和利益,应该

---

[1] Seyla Benhabib, *The Rights of Others: Aliens, Residents, and Citizens* (Cambridge, U.K.: Cambridge University Press, 2004), p. 87.

如何与政治群体之外的行为体相权衡。在政治理论中，这一辩论主要存在于社群主义者（communitarians）和世界主义者（cosmopolitans）之间。社群主义者认为，我们对于他者的主要义务，主要体现在我们的民族社会中，而且作为民主社会，我们有权集体决定谁应该进来，谁应该出去。相反，世界主义的自由主义者则强调个人的权利，不管他们住在哪。他们认为，国界在道义上是无关紧要的，并认为否认难民的政治身份、导致他们无国籍无疑是对人权的侵犯。对平等自由的自由主义原则做出承诺，同样需要开放边界。[1]

大多数道德哲学家都认识到，我们对于外来者有一些道德责任；并且同意关照那些逃离暴力和迫害的人，是最值得我们关注的问题之一。因此，争论的重点在于，这一说法到底有多么有力和广泛？

解决这一辩论的方法之一，是核算接收国对难民实施援助的义务成本。但是，到底应该如何计算这种理性或非理性的成本？在光谱的一端，是美国生态学

---

[1] 前者的相关例证，参见Michael Walzer, *Spheres of Justice: A Defense of Pluralism and Equality* (New York: Basic Books, 1984), 后者的例证，参见 Joseph Carens, "Aliens and Citizens: The Case for Open Borders," *The Review of Politics*, Vol. 49, No. 2 (1987), pp. 251–273。

家和哲学家加勒特·哈丁（Garrett Hardin），他使用"救生艇伦理"的隐喻，指出富裕的发达国家能力有限（"救生艇"），不足以救起周围所有落水的人。西方国家有道德责任，不让更多人的上船，以免救生艇沉没。[1] 在光谱的另一端则是澳大利亚道德哲学家彼得·辛格（Peter Singer），除非影响我们生活质量的成本大于其所得，否则没有合理的道德理由不去帮助那些需要帮助的人。辛格用了一个小孩掉进池塘的著名例子：挽救这个孩子的生命，要付出损失一双名贵皮鞋的代价。如果选择让孩子溺水而亡，在道德上就类似只为经济成本而拒绝接纳难民。[2]

这些观点，以及很多介于两者之间的看法，都能在今天关于难民政策的辩论中得到反映。但是，在越来越多的人的利益和价值观相互交织的世界里，我们的"成本"概念也需要重新评估，许多西方自由主义民主国家人口衰落的前景，也要求对难民和寻求庇护者有更大的开放性。

---

[1] Garrett Hardin, "Lifeboat Ethics: The Case against Helping the Poor," *Psychology Today*, Vol. 8, No. 4 (1974). 参见http://web.ntpu.edu.tw/~language/course/research/lifeboat.pdf

[2] http://www.utilitarian.net/singer/by/199704--.htm

第二个转变，则是重新思考我们应该如何看待21世纪的难民。西方公众经常将国家崩溃和移民，看作国家失败的结果。对此我们表示遗憾。但如果现在我们的世界有百分之一的人流离失所，这又怎么会是"他们的错误"，或是"其他什么人的错误"？就像俄罗斯裔美籍战地记者、作家安娜·巴德肯（Anna Badkhen）告诉我们的，今天的失败"是一个全球范围的概念，属于我们所有人"。[1]那些从地中海对岸出发、希望到"我们"这里来的人们比表面看上去离我们更近。2015年的夏天，当我站在西西里岛的南海岸，或许我看不见他们，但是我肯定能感受到他们——特别是那些葬身大海之中的灵魂。

在重新考虑难民时，我们也应该有足够的勇气思考，为后"二战"时期设计的法律定义是否仍然符合今天的要求。在当时，难民地位仅仅限于那些可以证明自己"基于种族、宗教、民族，或者因为属于特定种族和社会群体，持有特定政见而被迫害"的人。这有很强的政治维度。但是正如我指出的，今天导致流

---

[1] Anna Badkhen, "The New Reorder," *Foreign Policy*, Vol. 216(January/February 2016).

离失所的原因,并不总是与其定义相匹配。它不包括那些因为大范围暴力、环境变化、粮食安全或是极端经济剥削而导致的逃亡。这些"幸存的移民"[1],正如一位分析人士所称的,更不值得保护吗?虽然有实际的理由,担心对难民的法律定义做出正式改变——包括认定难民的条件可能更为严格,我们仍需重新审视支持现行法律框架的原则和精神。

1951年的难民定义,是基于对政治上受到迫害的人的特殊要求:因为自己与政府之间的保护关系被破坏,他们被迫寻求在另一个政治社会中的长期身份。因此,他们的特殊地位源于这样一个事实,即他们的需求在自己的祖国受到压迫,无法实现。例如,饥荒的受害者无法得到食物,战争的受害者无法实现和平,等等。但是,在我们这个时代,难民潮的原因就是寻求物质和经济安全,逃亡的根本原因也不一定是在一个国家内部,我们需要思考公民权利和政治权利能否实现。事实上,令人痛心的是,只有在一个主权国家框架范围内,才能假设或设计解决难民危机的办法。

---

[1] Alexander Betts, *Survival Migration: Failed Governance and the Crisis of Displacement* (Ithaca, NY: Cornell University Press, 2013).

第三个相关的转变,是摆脱我们狭隘的国家利益观念,就像俗话说的那样:我们都是一个整体。只要战争和迫害还是人类的一部分——历史已经预示了这一点,我们就始终存在被迫迁徙的风险。如果我们同样面临着叙利亚难民每天所面对的不稳定和恐惧,我们许多人可能也要采取同样的生存策略。艾兰·库尔迪令人心碎的经历,可能同样也会发生在我们身上。

世界相互关联的现实表明,我们应该选择本哈比所说的"多孔"(porous)边界,而非开放边界。[1] 作为一个民主社会,我们有权力设定什么人可以加入。但是我们也要认识到,有很多人——比如那些失去国家的人——经常受这些规范影响,在这些规范被制定时没有什么发言权。民主国家的领导人,受到民主国家公民的支持,因此必须不断反思排他性做法的影响,并对其进行修正。这些本哈比所说的"民主迭代"(democratic Iterations),既是政治义务,也是道德义务。

承认我们的集体脆弱性以及责任,同样表明我们应当担忧"玩忽职守之罪"(sin of omission)——无

---

[1] Seyla Benhabib, *The Rights of Others: Aliens, Residents, and Citizens* (Cambridge, U.K.: Cambridge University Press, 2004), p. 221.

法在分担移民负担领域发挥作用,更应该担忧"故意犯罪"(sin of commission)——要求寻求庇护者离开边境。21世纪大逃亡的严重性、持续性和影响都需要全球协力加以应对——必须要承认,难民保护和安置的责任,不能完全落在邻近国家头上,难民也不能按照"第一个安全国家"原则,由到达的第一个安全国家进行安置。庇护是全球公共产品,所有的国家,以及所有的个人,都能从中受益。

庇护义务与人类历史一样长。大逃亡的历史也是如此。但是,自由民主国家与移民和难民有特别密切的关系:我们对于我们国界之外的政治迫害和武装冲突的反应,可以帮助我们决定我们是谁。今天,我们所面临的逃亡危机规模前所未有。我们的政治体制无法应对挑战,人道主义义务也正在被恐惧挤出。由于西方政府无法行使集体责任,自由民主的政治模式也日益暗淡。这为那些将自己定位为西方世界替代者或是竞争对手的人创造了空间。

第四章 冷战的回归

THE RETURN OF HISTORY

2014年2月22日下午，乌克兰首都基辅的街头爆发反政府抗议。你似乎可以嗅到革命的味道。三个月前，乌克兰总统维克托·亚努科维奇（Viktor Yanukovych）在最后一刻拒绝签署与欧盟的经济联合协议，转而接受来自俄罗斯的慷慨的经济援助，这一决定在乌克兰引发大规模抗议和冲突。在三个月的冲突之后，2月22日早上，乌克兰议会投票决定，弹劾总统亚努科维奇。基辅城内流言四起：亚努科维奇已经逃离基辅，前往说俄语的乌克兰东部地区。安全部队撤离亚努科维奇在基辅城外的别墅。别墅里甚至还有高尔夫球场和私人动物园（里面养着袋鼠和鸵鸟），普通市民蜂拥而至，在别墅里自由漫步。与此同时，示威者爬上城市中央大街和广场上的卡车，做出著名的和平手势，庆祝他们认为即将到来的乌克兰政治的新时代。

但仅仅在几小时之后，在距离基辅大约500英里的一座城市，一项更为重大的决定即将做出，这将导致乌克兰在接下来的时间里，陷入更加不确定和暴力的境地。在莫斯科，亚努科维奇的倒台被看作是"非法政变"，俄罗斯官方拒绝承认基辅的临时政府。克里姆林宫召集国防部和情报部门的代表连夜开会，俄罗斯总统弗拉基米尔·普京制定计划，营救乌克兰倒台的总统。讨论结束后，他还命令手下官员，启动一项接收克里米亚——1954年，苏联将这块南部半岛送给了当时还是苏联成员的乌克兰——回到俄罗斯祖国怀抱的计划。

俄罗斯相关部门以闪电般的速度制定了这一计划，并加以执行。俄罗斯突然在与乌克兰交界处以及在黑海旁的军事基地举行军事演习。2月27日和2月28日，蒙面武装分子身着无标记的制服——之后以"小绿人"（little green men）的称呼广为人知——占领了主要机场和地区政府大楼，其中还包括辛菲罗波尔（Simferopol）的议会大楼，也是克里米亚行政中心所在地。在之后的几天，武装分子包围了地区议会，立法机构则投票选出了亲俄罗斯的新政府。该机构迅速发布《克里米亚自治共和国独立宣言》，呼吁就该地区的未来进行全民公投。同时，俄罗斯杜马授权普京，可以在认为有必要的情况下向乌克兰部署军队。

3月1日，4艘俄罗斯舰船停靠在克里米亚港口城市塞瓦斯托波尔，"信号旗"特种部队（Spetsnaz Special Forces brigades）随船抵达。很快，挂有俄罗斯车牌的车辆堵塞道路,俄罗斯军队占领天然气设施,冲击空军基地,俄罗斯舰队不断俘获乌克兰军舰。3月16日,克里米亚举行全民公投,这场公投组织神速,严重侵犯了乌克兰的领土完整,甚至当时占克里米亚的俄罗斯士兵都参与了投票。乌克兰、欧盟和美国立即指责此次公投为非法公投。尽管如此,官方报告显示,有97%的克里米亚人投票赞同加入俄罗斯联邦(这也意味着克里米亚的独立时间极为短暂)。两天之后,俄罗斯总统普京在克里姆林宫前的一个巨大舞台现身,宣布克里米亚和其主要城市塞瓦斯托波尔"回到祖国母亲的怀抱"。随后,俄罗斯立即发布吞并克里米亚半岛的法案,正式将克里米亚纳入俄罗斯联邦,并将其变成俄罗斯军队的前沿部署基地。

俄罗斯对乌克兰的大胆干涉遭到西方世界的一致谴责,并被认为超越了国际法中关于使用武力被广泛接受的基本原则,也是对国际现行领土现状的粗暴挑战。《联合国宪章》第2.4条明确指出,所有成员国"不得在国际关系中威胁使用或使用武力,危害任何国家的领土完整或政治独立"。

俄罗斯官员,包括外交官在内,都清楚地认识到这一非法行为可能造成的潜在危害——无论是在名誉上还是物质上。因此，他们采取一系列举措，试图使吞并克里米亚的行动合法化。俄罗斯认为，其军事行动实际上符合《联合国宪章》的规定，因为俄罗斯的举动是为了保护在克里米亚半岛上说俄语的民众，他们在乌克兰总统倒台之后很容易遭到攻击。由于缺乏系统性迫害说俄语民众的具体证据，向该地区派遣独立观察员的努力也被阻止，俄罗斯方面又提出了另一个理由——即俄方行动是应维克托·亚努科维奇的请求，提供军事援助，而亚努科维奇在当时还是乌克兰的民选领导人。在联合国安理会的紧急会议期间，西方和俄罗斯外交官相互指责，俄罗斯常驻联合国代表维塔利·丘尔金（Vitaly Churkin）宣称，乌克兰"正处于由西方驱动的彻底恐怖和暴力行为的边缘"。他随后举起了亚努科维奇3月1日签署的亲笔信，称亚努科维奇要求俄罗斯帮助"恢复法律和秩序"。[1] 而这一论调最后也被证明存在疑问，克里姆林宫的官员又

---

1 Louis Charbonneau, "Russia: Yanukovych asked Putin to Use Force to Save Ukraine," Reuters, 3 March 2014. 参见http://www.reuters.com/art icle/us-ukraine-crisis-unidUSBREA2224720140304

说，俄罗斯并没有使用武力，冲击克里米亚军事基地和港口的其实是乌克兰民兵。

联合国的大多数成员国并不相信俄罗斯的解释。2014年3月27日，100多个国家通过联合国大会决议（11票反对、58票弃权），呼吁各方"停止和不采取旨在部分或完全破坏乌克兰国家统一和领土完整的行动"。计划召开的八国集团峰会——工业化国家七国集团（G7）组织，在冷战结束之后接纳俄罗斯，成为G8——突然被取消，西方国家也向俄罗斯施加一系列经济制裁。

冷战的回响

对于那些经历过，或是研究冷战的人来说，俄罗斯干预克里米亚，不禁让人联想起美国和苏联在战略和意识形态领域数十年的竞争和交锋。20世纪40年代晚期直到80年代晚期的这个时期的国际关系，被学者们称为两极体系——即两个国家，或者说"极"（polar），垄断了权力的各个方面（政治、军事、经济、文化），并建立了两极对立的势力范围。在冷战的案例中，大多数西方国家和资本主义国家落入美国的势力范围，大多数的共产主义国家则落入苏联的势力范围。两个超级大国相互竞争"无人认领"地区的支持，抓住一切时机，在一切地方努力破坏对方的霸权。在这个极化和相互竞争的背景下，美苏两国经常对自己势力范围内的国家进行干预，宣称要从国外拯救被迫害的国民，或是回应那些受威胁政府的援助请求。在所有的案例中，相关国家的主权和领土完整均受到严重的侵害，国家主权从属于更高的目标——无论是维护"社会主义团结"（正如苏联阵营在1968年入侵捷克斯洛伐克），或是"集体自卫"，反对在西半球引入"外来意识形态"（比如1965年美国对多米尼加共和国实施干涉）。[1]

但是，对于冷战造成最大影响，并改变了历史轨迹的干涉，莫过于1979年苏联入侵阿富汗。阿富汗地缘位置重要，连接波斯湾和印度洋，是超级大国竞争的一大焦点。事实上，俄罗斯想入侵阿富汗由来已久。

---

[1] 关于美国和苏联在冷战期间的军力分布，参见Thomas M. Franck and Edward Weisband, *Word Politics: Verbal Strategy Among the Superpowers*(Oxford, U.K.: Oxford University Press, 1972)。

早在19世纪，沙俄和大英帝国在中亚的竞争——历史学家称之为"大博弈"（The Great Game）——中，阿富汗就是关键。但在1979年，莫斯科的目标是支持阿富汗新生的马克思主义政府，来确保阿富汗对苏联的友好态度。而仅仅在一年之前，正是这个新生的马克思主义政府推翻了越来越亲西方的总统。喀布尔的亲苏政权发现自己正面临着强大的叛乱分子的挑战：在部落领导人控制下的伊斯兰战士。虽然这些伊斯兰战士由普什图人、乌兹别克人和塔吉克人等不同民族组成，但是他们团结一心，反对"无神论"的共产主义者和外国占领者，穆斯林世界的"圣战"分子也纷纷来到阿富汗，进一步加强了他们的力量。

1979年6月，苏联应阿富汗政府军事援助的请求，派遣一批坦克和军人（没有携带作战装备，伪装成技术人员），保卫喀布尔的政府机构和主要机场。仅仅六个月之后，苏联发现在阿富汗需要有更为有力的存在：除了越来越多的叛乱之外，阿富汗政府内部还爆发了不同派别之间的内乱和政变。在圣诞节前夕，苏联空降旅搭载全副武装的部队抵达喀布尔；随后，大量地面部队从北部进入阿富汗。12月27日，身穿阿富汗军队制服的苏联军队占领了喀布尔的主要政府机构、军营和媒体大楼,其中包括总统府。在对总统府的袭击中,阿富汗总统哈菲佐拉·阿明(Hafizullah Amin)被杀,他的短命总统生涯也到此为止。他的政治对手,社会主义者巴布拉克·卡尔迈勒(Babrak Karmal)成为阿富汗的新总统。

苏联派遣军队的目的是支持阿富汗政府,但苏联的干预却并没有给它带来所承诺的稳定。相反,军事干预加剧了阿富汗一直增长的民族主义和反苏情绪,进一步加剧了叛乱,使苏联遭到越来越多的直接打击。苏联的装甲车很快遍布阿富汗全国,占领主要人口中心城市、空军基地和战略交通要道。但是在整个农村,"圣战"分子都可以相对自由地活动,并采取巧妙的游击战手段,破坏电力管线和石油管道,伏击苏联和阿富汗军队。双方很快陷入僵局。苏联则被迫投入更多的人力和财力,胜利的前景也越来越暗淡。1989年,在9年的残酷战争后——1.5万名苏联士兵阵亡,超过50万人受伤,苏联从阿富汗撤军,这也使很多人将阿富汗战争描述为莫斯科的越南。

苏联派兵介入阿富汗的程度和规模(在战争开始

第四章 冷战的回归

的前几个月即部署8万多军队），使华盛顿的美国官员深感震惊。事实上，这也是苏联唯一一次介入东方阵营——斯大林在第二次世界大战之后，在中东欧地区建立的"友好"社会主义国家缓冲区——之外的国家，这自然也引起了对莫斯科的本意和地缘政治设计的怀疑。美国吉米·卡特（Jimmy Carter）政府从最开始就一直关注苏联的军事集结。直到12月苏联入侵的最后一刻，美国还认为苏联并不会入侵阿富汗，理由是莫斯科入侵的成本太高。这一错误估计使卡特招致众多批评，特别是共和党方面，谴责卡特对美苏关系的看法是"一厢情愿"。

苏联入侵阿富汗打断了缓和的进程——超级大国之间缓和紧张的竞争关系，这一政策一度备受鸽派总统卡特青睐。缓和实际上起始于1969年尼克松政府时期，当时美苏举行第一轮名为"战略武器限制谈判"（SALT）的双边会谈，并准备签署相关协议。战略武器限制谈判旨在解决冷战对抗的关键推动因素，即不断升级的核军备竞赛。苏联入侵阿富汗带来的首要影响，就是卡特于1980年1月2日宣布取消限制战略武器的第二轮谈判。随后，美国立即从莫斯科召回大使。

在国情咨文演讲中，卡特总统将苏联入侵阿富汗描述为"第二次世界大战以来对世界和平的最大威胁"，并启动一系列包括经济制裁在内的报复政策：向苏联禁运美国粮食、玉米和大豆，以及抵制 1980 年莫斯科奥运会。1979 年 12 月的这一事件也深深影响了白宫的中东政策。在苏联入侵阿富汗之前，阿富汗只是美国的边缘利益。但在此之后，美国致力于破坏苏联在阿富汗的影响力，并进一步遏制苏联在波斯湾的扩张。华盛顿还启动了一项将引发深远影响的计划，即通过中央情报局的"旋风行动"（Operation Cyclone）向"圣战"分子提供军事援助——这也是美国历史上历时最长、耗资最多的一项秘密行动。

超级大国之间的关系进入了一个愈发危险的新阶段。根据冷战历史学家梅尔文·莱弗勒（Melvyn Leffler）的说法，"比 1962 年古巴导弹危机以来的任何时候都更为敌对"。[1] 1980 年，吉米·卡特在总统竞选中输给了罗纳德·里根（Ronald Reagan），而里根在竞选中的政策主张就是反对缓和，并鼓吹采取更为

---

1 Melvyn Leffler, *For the Soul of Mankind: The United States, the Soviet Union, and the Cold War* (New York: Hill and Wang, 2007).

第四章 冷战的回归

积极的反共外交政策。在里根总统的支持下，美国对阿富汗"圣战"者的支持成为美国外交政策的中心。里根主义不仅仅向阿富汗的反共产主义抵抗运动提供军事和财政支持，同样也对非洲、拉丁美洲和亚洲的反共运动提供支持。里根的目标不再仅仅只是遏制苏联日益扩张的影响力——这一政策可以追溯到杜鲁门和艾森豪威尔时期，而是通过扭转共产主义者取得的进展，建立亲西方政府，以实现所谓的"回滚"（rollback）。里根发誓用新一轮提升防务开支，特别是在核武器领域的支出，以击败所谓的"邪恶帝国"。这位共和党的总统很快就宣布，将在中欧部署远程核导弹，并建造导弹防御系统（即俗称的"星球大战"），保护免受苏联核武器打击。

苏联的崩溃和苏维埃帝国的解体，是很多因素综合的结果。但是最经常被提起的，是苏联经济在阿富汗战争及西方军备竞赛的双重压力之下，不堪重负而崩溃。苏联在阿富汗的失败打破了苏联红军的无敌形象，也让加盟苏联的非俄罗斯共和国有了信心，即他们寻求独立的图谋可能不会引来中央的军事镇压。所有这些事态的发展，加上米哈伊尔·戈尔巴乔夫——1985年就任苏联最高领导人——与众不同的领导风格和目标，为在苏联内外发生的重大变化提供了可能。

尽管戈尔巴乔夫自认为是个改革者，他的目标仍然是使苏联成为成功的社会主义国家。他的政策主张，*perestroika* 和 *glasnost*——即重构和开放的目标——是通过提出多候选人的选举和任命非共产党员进入政府，特别是实现技术现代化和建立有力的政治制度，来解决经济发展停滞不前的问题。他并不希望，也并没有推动苏联的解体——尽管这一切在1991年切实发生了，戈尔巴乔夫因此成为苏联第八位也是最后一位领导人。

鲍里斯·叶利钦从此成为新成立的俄罗斯联邦总统，直到20世纪90年代末，俄罗斯也加速进入了一个拥有自由媒体、强大的政治反对派和批评意见的更为开放、更为自由的社会。叶利钦彻底转向自由市场资本主义，取消苏联时代的价格控制，私有化国家资产（特别是在能源天然气领域），并允许私人拥有财产。看起来，俄罗斯正大步迈向西方式的自由民主制度。这一切也离不开老对手美国的帮助，最为典型的表现，

第四章 冷战的回归

就是美国派出大量专家和顾问帮助俄罗斯转型。西方还将叶利钦和他的外交官纳入为西方建立新的安全秩序的进程中。双方通力合作,进一步签署协议,减少核武器库存。

但是这一乐观情绪也是短暂的。俄罗斯的自由民主制度虽然开了个头,但从来没有真正起飞。伴随叶利钦总统生涯的,是腐败、犯罪和俄罗斯经济的真正崩溃。在20世纪90年代晚期,俄罗斯的国内生产总值只是90年代初的一半。所谓的寡头通过侵吞国有资产一夜暴富,普通的俄罗斯人则跌入贫困的深渊:通货膨胀泛滥,生活成本飞涨,国有税收体系薄弱,无力支持公共服务支出。医生和教师几个月拿不到薪水,许多人都对过去的苏联时代充满怀念。加拿大记者克里斯蒂娅·弗里兰(Chrystia Freeland)在著作《世纪大拍卖》(*Sale of the Century*)中写道,私有化导致的经济制度产生了"资本主义政治局"(capitalist politburo),并养活了"一小撮超级富豪"。[1]

但是到了1998年,泡沫破裂了,叶利钦下调了卢

---

[1] Chrystia Freeland, *Sale of the Century: Russia's Wild Ride from Communism to Capitalism* (New York: Crown Business, 2000).

布汇率,并冻结了银行账户,普通俄罗斯人的财富瞬间被摧毁。这一决定,加上 1994 年为了打击分裂势力,而对车臣共和国开展的灾难性的军事干预行动——导致数以千计的平民死亡,让叶利钦背上了导致俄罗斯衰落的历史评价。

空气中的寒意

在 2005 年对俄罗斯民众的国情咨文中,弗拉基米尔·普京将苏联的解体形容为"20 世纪最大的政治灾难"。普京指出,苏联的解体不仅导致俄罗斯经历了多年的政治动荡和经济波折,还使深深为自己国家和民族历史感到骄傲的俄罗斯人失去了在世界上应有的地位。

自此之后,评论家们根据普京的言论,以及俄罗斯内外政策发展的情况,不断揣测俄罗斯是否会回归令人精神崩溃的冷战时代。随着俄罗斯吞并克里米亚,这一争论也变得更为热烈,分析人士和记者们都在激烈辩论这是"新冷战"(New Cold War),或者"冷战 2.0"(Cold War 2.0)。2014 年,《外交政策》(*Foreign*

第四章 冷战的回归

Policy）杂志将乌克兰危机称为"西方和俄罗斯伙伴合作关系的彻底终结"，柏林墙倒塌之后的20年——通常被认为是"后冷战"时期——"回想起来，只是冷战的间隔期"。[1] 英国的《卫报》讲得更为直接："坦克和军队入侵卫星国，针锋相对的间谍驱逐，动用核轰炸机和拦截战斗机的比胆军事演习，以及中止供应天然气和愤怒的外交指责——这一切听起来都很熟悉，也的确如此。不管是莫斯科、华盛顿还是悉尼和基辅的报纸，都会同意这样的头条：冷战回来了。"[2]

将今天的事态与冷战相比较的，不仅仅是媒体的评论者。俄罗斯总理德米特里·梅德韦杰夫（Dmitry Medvedev）也同样认为，俄罗斯与西方之间的紧张关系，已经达到了冷战时的程度。2015年，他在慕尼黑安全会议（the Munich Security Conference）上说："几乎每一天，俄罗斯都被描述为最为严重的威胁——不仅仅是北约这样说，欧洲也这样说，美国和其他国家也这样说。有时候我在想这是2016年还是1962年。"

---

1 http://foreignpolicy.com/2014/03/04/welcome-tocold-war-ii/
2 http://www.theguardian.com/world/2014/nov/19/new-cold-war-back-to-bad-old-days-russia-west-putin-ukraine

无独有偶，美国国防部部长阿什顿·卡特（Ashton Carter）的声明也让人想起冷战，"从堪察加半岛到南亚，从高加索山到波罗的海，俄罗斯正将自己陷入孤立的包围之中"。他的这番话其实是在回应温斯顿·丘吉尔著名的铁幕演说——"从波罗的海的什切青到亚得里亚海边的的里雅斯特，一幅横贯欧洲大陆的铁幕已经降落下来"。

尽管各方的政客都同意，冷战的情形已经回归，但是他们对谁应该为此负责却争执不下。从俄罗斯的角度看，北约和欧盟等西方安全和政治机构不断咄咄逼人的东扩，迫使莫斯科更为坚定地维护自身利益。相反，从西方的视角看，在20世纪90年代向自由民主制度和自由市场经济走了几步之后，最近莫斯科的一系列政策举动说明俄罗斯正转向专制主义，外交政策也更富侵略性。从这个角度来说，俄罗斯的发展表明福山等人所说的民主和平论其实并不稳固，因为普京的俄罗斯奉行精心设计的战略，将自己定位为欧洲和美国的挑战者。

挑战者，而非伙伴，同样也是第二次世界大战结束后，美国重新评估苏联的核心概念。当时，美苏两

第四章 冷战的回归

国从世界大战中脱颖而出,成为当时国际体系中最为强大的两个国家。1946年,美国外交老兵乔治·凯南(George Kennan)(当时派驻在莫斯科)向华盛顿发回了著名的"长电报"(Long Telegram),其中详细阐述了苏联的世界观和外交政策野心。根据凯南的说法,莫斯科最害怕的事就是被资本主义的西方包围,这样不仅会对苏联的安全构成威胁,同样也会暴露出苏联内部制度潜在的薄弱之处。斯大林需要一个敌对的外部环境——甚至可以说是必需的——来印证自己国内共产主义嫁接专制主义高压统治的合法性。凯南指出,其结果是,苏联试图利用资本主义国家之间的分歧,公开挑战西方的经济和政治价值观,并通过一系列措施考验西方的决心,以扩大自身在欧洲及之外地区的影响力。美国尤其关注莫斯科在希腊和土耳其方面的意图——通过支持1946年希腊内战中的共产党游击队和在土耳其海峡建立军事基地的努力——以及苏联未能履行其协议,即在"二战"结束后从伊朗北部撤出军队。

然而,凯南论述中最关键的一点,是苏联的扩张主义源自俄罗斯传统的不安全感。作为没有天然边界的国家,俄罗斯曾经遭到来自各个方向的入侵——瑞典、法国、德国……俄罗斯必须保证自己的邻国是友好的、没有威胁的,并扩展自身影响力,保证通往世界其他地区的关键水道和交通要道的畅通。凯南认为,应对苏联的最好战略,就是遏制其在美国关键战略利益地区——尤其是在中欧——扩张的努力,然后等待其"萎缩"并从内部崩溃。[1]

今天的俄罗斯,在普京的领导下,很多人看来是在国内实施专制,在国外施加强权。俄罗斯对西方的价值观和利益也愈发敌视,对1991年德国统一后建立起来的欧洲后冷战安全秩序也并无好感。2005年之前,普京总统为恢复俄罗斯大国地位所做的努力,主要集中在内部,即加强俄罗斯经济、扼杀政治异议分子、遏制政治不稳定。前克林顿政府官员斯特罗布·塔尔博特(Strobe Talbott)解释道,这一战略旨在"推翻其前任的转型政策,并恢复俄罗斯联邦边界内苏联体系的主要特征"。但也有迹象表明,普京有更宏大

---

[1] George F. Kennan, "The Long Telegram," February 1946. The Telegram was subsequently revised and published under a pseudonym and became widely known as the "X Article." "The Sources of Soviet Conduct," *Foreign Affairs*, Vol. 25, No. 4 (1947), pp. 566–582.

的设想,"普京可能将他的计划、统治以及所希望的政治遗产推广到俄罗斯边界之外的地方"。[1] 与冷战结束之后的第一个 10 年不同的是,当时俄罗斯渴望与西方"做生意"(不仅是字面意义,也有引申意义),普京的俄罗斯所推行的政治议程,正在使俄罗斯更频繁走上与西方对抗的道路。

秀肌肉

俄罗斯在海外愈发强硬,最为明显的表现就是军费预算迅速上升(比如,从 2014 年到 2015 年增加了 110 亿美元),以及在国际事务中更愿意使用武力。2008 年 8 月,俄罗斯向格鲁吉亚派出陆海空军部队,应对格鲁吉亚政府在俄罗斯族占多数的南奥塞梯开展的打击分裂分子军事行动。俄罗斯和奥塞梯军队并肩战斗,最终将格鲁吉亚军队赶了出去。俄军还一度占领了数座格鲁吉亚城市,直至双方达成停火协议。很多人认为,这一事件是由普京策划,主要目的是测试西方态度,看看其如

---

[1] Strobe Talbott, "The Making of Vladimir Putin," *Politico Magazine*, 19 April 2014.

何回应俄罗斯的军事行动；而普京得出的结论是，莫斯科可以轻松应对。这场战争的结果是，莫斯科在实际上吞并了南奥塞梯和阿布哈兹，这也是俄罗斯在克里米亚危机之前最近的一次干预行动。

俄罗斯在与周边国家，比如乌克兰、波兰及波罗的海国家的国境线上开展军事演习，则更具有象征意义，这些国家已经对西方更为友好。2013年，俄罗斯和白俄罗斯军方举行联合演习，模拟波罗的海国家遭到"外部恐怖主义团伙"的入侵，涉及的部队数量达到万人，各类军车装备也有数百辆。[1] 俄罗斯和白俄罗斯部队演练的内容，涉及入侵和占领波罗的海国家，切断其与波兰联系所需的战术和兵力部署。

除此之外，普京还公开宣布，他计划为俄罗斯的核武库增加更多的核导弹，并建造新一代能够打击到美国的非核战略武器。这一决定，似乎违反了2011年美国总统奥巴马与时任俄罗斯总统梅德韦杰夫达成的旨在减少战略武器数量的协议。该协议规定，美国和

---

[1] Liudas Zdanavičius and Matthew Czekaj, eds., *Russia's Zapad 2013 Military Exercise: Lessons for Baltic Regional Security*(Jamestown Foundation, 2015). 参见http://www.jamestown.org/uploads/media/Zapad_2013_-_Full_online_final.pdf

俄罗斯将部署的核武器和发射器数量限制在1991年，即冷战结束时的水平。另外一件值得注意的事，是普京并没有参加2016年4月的核安全峰会——这也使俄罗斯成为朝鲜之外（美方压根没有邀请），唯一一个没有派高级官员参加峰会的核国家。

介入象征性和真实冲突之间的，是俄罗斯和西方军队的武装"邂逅"（military "encounters"），不管是在空中还是在陆地上。2005年时，俄罗斯恢复了冷战时期在西方国家领空附近巡逻的传统。但是"欧洲领导网络"（the European Leadership Network）2014年的一份报告显示，涉及俄罗斯和西方国家军事相遇的情况正在加剧，并已经恢复到20世纪七八十年代的水平。这些事件包括侵犯国家领空、民用飞机与俄罗斯侦察机空中相撞、海上近距离接触、飞越西方战舰，以及追踪西方潜艇等。[1]

在乌克兰东部和叙利亚，西方与俄罗斯经历了冷战之后最为严重的对峙，也是最激烈的军事示强。在吞并克里米亚之后，亲俄罗斯的反政府示威活动在乌

1　http://www.europeanleadershipnetwork.org/medialibrary/2014/11/09/6375e3da/Dangerous%20Brinkmanship.pdf

克兰和顿涅茨克以及卢甘斯克州出现,这一片也被称为"顿巴斯"(Donbass)地区。这些抗议活动迅速升级为自称"顿涅茨克和卢甘斯克人民共和国"的分裂分子,与乌克兰政府之间公开的武装冲突。很多人认为,这些冲突是俄罗斯秘密军事干预的直接后果。这也是欧洲安全与合作组织(欧安组织)和国际媒体共同的判断。两者都报告了无标识的俄罗斯军车越过俄乌边界,前往乌克兰东部叛乱地区的情况,以及俄罗斯军车打着人道主义援助车队的幌子,在俄乌边界之间来回穿梭,运送弹药和士兵尸体。2014年7月马来西亚航空公司MH17航班,在从阿姆斯特丹飞往吉隆坡的途中,在乌克兰叛乱分子控制的顿尼茨克坠毁,导致283名乘客和15名机组成员遇难,就被认为是亲俄罗斯的叛乱武装利用俄制导弹误击民航客机的结果。莫斯科自然否认与坠机事件有关,并反对对该事件进行国际调查,同时在媒体上大肆批评和指责乌克兰人,认为他们应该对事件负责。

根据联合国人权观察团的报告,2014年4月(武装敌对行动开始时)到2016年2月,乌克兰的冲突导

第四章 冷战的回归

致大约9000人死亡、21000人受伤。[1]尽管在法国和德国的支持下，乌克兰与俄罗斯在2015年2月签署了第二个停火协议，但是战斗人员和平民死亡人数在继续上升——重型武器和火炮（无视停火协议）仍然存在，身穿军装的男女也频繁穿越顿尼茨克州和俄罗斯联邦的国界线。普京支持乌克兰说俄语的民众，并阻止基辅和欧洲进一步的密切关系。尽管付出的代价高昂，但俄罗斯的兴趣仍有增无减。

在乌克兰这样一个如此接近欧洲心脏地带的地方，发生这样强度的武装冲突，不仅使欧盟成员国大为震惊，也对美国造成重大冲击。2016年2月，美国总统奥巴马宣布将向中东欧地区的北约成员国大幅度增派重型武器、装甲车以及其他装备——与之前美国在欧洲的军事支出相比，增加了四倍，旨在遏止俄罗斯向其邻国进一步实施挑衅。这一计划的官方名称——"欧洲再保证倡议"（the European Reassurance Initiative）——也说明了欧洲安全环境的恶化程度，

---

[1] Office of the United Nations High Commissioner for Human Rights, *Report on the Human Rights Situation in Ukraine, 16 November 2015 to 15 February 2016.* 参见http://www.ohchr.org/Documents/Countries/UA/Ukraine_13th_HRMMU_Report_3March2016.pdf

特别是对于罗马尼亚、波兰、拉脱维亚、爱沙尼亚和立陶宛这样的国家来说，在20世纪90年代曾经敢于相信的历史——至少是免遭俄罗斯入侵的历史——可能画上句号。而今天，波罗的海三国正在积极振兴军队——比如立陶宛，重新开始征兵，准备应对可能的武装冲突。

虽然与俄罗斯距离遥远，但叙利亚仍被俄罗斯看作是战略利益至关重要的地区，俄罗斯也同样在叙利亚内战中大秀肌肉。2011年叙利亚内战刚刚开始时，俄罗斯就坚定地在政治上和军事上支持自己在该地区的盟友，叙利亚的巴沙尔·阿萨德政权。尽管暴力在不断升级，但俄罗斯从2011年秋天到2012年夏天，在联合国安理会连续三次否决了涉及叙利亚问题的决议：第一项决议谴责叙利亚政府侵犯人权和镇压抗议活动；第二项决议继续谴责阿萨德政府以暴力方式镇压反对派，并支持由阿拉伯国家提出的一项和平计划，以启动政治过渡；第三项决议威胁对叙利亚政府实施经济制裁，因为叙利亚政府未能执行国际社会支持的和平计划。俄罗斯每行使一次否决权，对安理会无法在《联合国宪章》框架下履行其义务，实现"集体回

第四章 冷战的回归

应"的批评声音就会更大一分。看起来,这个世界正在回到冷战时期,当时由于苏联和西方之间的尖锐矛盾,联合国安理会几乎完全瘫痪。在1980—1988年的两伊战争期间,联合国安理会就没有通过相关决议阻止。安理会常任理事国之间的分裂,同样导致国际社会无法协调一致,以结束在叙利亚的流血冲突。

俄罗斯立场的公开理由很直接:阿萨德总统所领导的叙利亚阿拉伯共和国政府被国际社会公认,并正在打击暴力的国内反对派。在莫斯科看来,外部势力推动政权更迭,无论是在道义上还是法律上都是错误的,在政治上也是不明智的——特别是通过暴力的手段。俄罗斯官员坚持认为,这种方式违反了《联合国宪章》以及之后联合国大会通过的不干涉主权国家内部事务的原则。他们还坚持认为,西方国家搞政权更迭,有着很糟糕的记录。在对西方媒体讲话以捍卫俄罗斯立场时,俄罗斯外交部部长谢尔盖·拉夫罗夫(Sergey Lavrov)语带讥讽地问道:"萨达姆·侯赛因被吊死了,伊拉克变成一个更好、更安全的地方了吗?卡扎菲被杀了,就在众目睽睽之下。利比亚变成一个更好的地方了吗?现在又在妖魔化阿萨德。我们能不能吸取教训？"[1]

相比之下，拉夫罗夫等人坚持认为，外部世界的做法必须平衡，而不是仅仅"惩罚"冲突中的一方，或是引入某种特定的政治解决方案。2012年2月，在联合国安理会否决决议之后的辩论中，俄罗斯驻联合国代表维塔利·丘尔金指出，西方拟制的决议文本草案给冲突各方释放了"不平衡的信号"，决议要求叙利亚政府从城市地区撤出部队，却未要求反对派武装同样撤出。[2] 当然，俄罗斯自己的行为也与所谓的中立性相悖。正如俄罗斯指责西方在叙利亚支持反对派武装一样，俄罗斯本身就是阿萨德政府武器的主要供应国之一。然而，由于叙利亚冲突逐步升级，又牵扯到"伊斯兰国"这样的暴力极端组织，俄罗斯的立场也得到很多人的支持。在支持大马士革政府的同时，俄罗斯官员声称，他们也在推动更广泛的国际反恐行动，西

---

[1] Somini Sengupta, "Russian Foreign Minister DefendsAirstrikes in Syria," *New York Times*, 1 October 2015. 参见http://www.nytimes.com/2015/10/02/world/europe/russiaairstrikes-syria-assad.html
[2] "Taking Sides: Major Split in the UNSC after Syria Veto," *RussiaToday*, 5 February 2012. 参见https://www.rt.com/news/lavrov-clinton-syria-resolution-517/

第四章 冷战的回归

方对此应该鼓掌支持而非谴责。

2015年秋天,叙利亚冲突逐渐失控,俄罗斯采取了更为大胆的举措,让西方国家大为震惊。应叙利亚政府打击包括"伊斯兰国"和"胜利阵线"(the al-Nusra Front,即叙利亚"基地"组织)在内的"圣战"组织的正式要求,俄罗斯在叙利亚西北部地区发动一系列空袭——帮助叙利亚政府收复失地。俄罗斯没有加入美国领导的打击"伊斯兰国"的空袭行动(范围从伊拉克到叙利亚),而是组建了自己的反恐联盟,部署了50架作战飞机以及——与西方不愿派出地面部队截然相反——多达4000名军人的地面部队。此次为期七个月的军事行动,也是俄罗斯自1979年入侵阿富汗以来,首次对非苏联阵营的国家进行军事干预,向全世界传递了能力和信心。但这点也对美国及盟国的军事力量产生了重大影响,甚至造成了俄罗斯与西方军队发生冲突的可能性。

事实证明,俄罗斯在叙利亚的军队不仅打击"圣战"分子,也打击反对叙利亚政府的各支力量——包括受到西方支持的反叛武装。俄罗斯军队部署的位置和特点,包括防空系统的位置,也使俄罗斯在西方打击"伊斯兰国"战役中拥有一定的筹码,迫使西方国家政府与莫斯科进行合作,防止发生直接冲突。在俄罗斯空袭强度最大的时候,一架俄罗斯战斗机被土耳其空军击落——这是北约国家在半个世纪以来首次击落俄罗斯飞机。

2016年3月,普京总统下令从叙利亚撤出大部分俄军——再一次的,提前没有告知西方,宣布俄罗斯的干预基本达成了帮助叙利亚政府打击恐怖组织、夺回领土的目标。(根据叙利亚人权观察的报告,达成这一目标是通过打死5000余人为代价,其中40%是平民。)[1] 虽然俄罗斯没有,也不可能击败"伊斯兰国",但是它成功实现了更大的目标:抵消西方在叙利亚实施政权更迭的希望,并展现了自身军事实力。通过军事干预,莫斯科将自己定位为遏制叙利亚暴力行为,达成政治解决方案的中心角色。只要俄罗斯还是谈判的一部分,西方就无法决定阿萨德的命运。通过对叙利亚大胆而危险的干预,普京实现了将俄罗斯重新带回大国政治中心的目标。正如白宫官员罗伯特·盖茨(Robert Gates)观察到的,"普京决心做到,没有俄罗

---

[1] http://www.syriahr.com/en/2016/03/31/russian-warplaneskill-5081-civilians-40-of-them-were-civilians/

斯的参与,任何问题都没法解决"。

天然气管道和网络攻击

原版冷战的独特之处在于,资本主义西方和共产主义东方都拥有一套政策,攻击、破坏了彼此对于全球霸权的追求。超级大国之间的对抗不仅仅限于国境线两侧的军队,比如民主德国和联邦德国,更是疯狂堆积核武器。冷战还包括为那些易受对方阵营意识形态影响的国家提供经济援助。事实上,1945年向欧洲提供的经济援助计划——"马歇尔计划"(the Marshall Plan)——就被乔治·凯南视为通过稳定西欧经济遏制苏联的机制,西方还通过这种方式恢复了这些社会的信心,让他们不那么容易被各种极端党派,以及"原生共产主义"(indigenous communism)影响。[1]

冷战也通过与"志同道合"的国家签订互惠贸易协议的方式展开。比如,莫斯科就创建了"经互会"

---

1 John Lewis Gaddis, *Strategies of Containment* (Oxford, U.K.: Oxford University Press, 1982), Chapter Two.

（COMECON，即社会主义国家之间的经济合作组织），或者通过向所谓的"第三世界"国家给予贸易和援助承诺的方式，以收买他们对于一方或另一方的忠诚。在50年代中期，美国和英国向埃及总统贾迈勒·阿卜杜勒·纳赛尔（Gamal Abdel Nasser）提供援助，帮助其在尼罗河上修建阿斯旺大坝（Aswan Dam），希望以此能获得纳赛尔的效忠和合作，遏制共产主义的扩张。纳赛尔勇敢地尝试在东西方之间保持中立，美国立刻撤出资金支持，最终是苏联援助埃及修建完成了大坝。

和冷战期间一样，今天俄罗斯更为强硬的外交政策，并不仅仅局限于公开的军事行动或直接对抗。普京政府正在用不同的策略增加对边界地区的影响力，并在西方制造分裂。

最有效的方式，就是俄罗斯对邻国的能源政策，特别是对依赖俄罗斯供应石油和天然气的欧洲。俄罗斯是世界上已知的最大天然气存贮国，也是最大的天然气生产国（产量占全球总量的五分之一）。俄罗斯还是继沙特阿拉伯之后的世界第二大石油生产国，以及煤炭储量第二大国。除了作为大型能源生产国和出口国之外，俄罗斯还继承了苏联的石油和天然气管道；这些资产使莫斯科有能力，对那些没有独立能源供应的前卫星国施加政治压力。俄罗斯可以在短时间内大幅度提高能源供应价格（就像2006年"橙色革命"之后对乌克兰做的），或者完全切断供应（就像在2007年对爱沙尼亚做的），以此充分发挥能源的杠杆作用。俄罗斯官员经常否定切断能源供应是俄罗斯有意所为，声称这是设备损坏或自然灾害的结果。

为了加强其作为能源供应国的地位，俄罗斯已经推出所谓的北溪海底管道项目（the Nord Stream submarine pipeline Project），试图直接将俄罗斯的天然气，通过波罗的海的水下管道，直接输送到德国、法国和荷兰。此举将进一步密切俄罗斯与西欧的联系——越过白俄罗斯、波兰、乌克兰、斯洛伐克和捷克，也让俄罗斯在切断对东欧邻国天然气供应时，不用担心会得罪西方世界更为重要的客户。北溪海底管道项目同样也有军事意义：俄罗斯已经赋予其天然气领头企业俄罗斯天然气公司（Gazprom）非同一般的权力，以招募和经营其自己的武装力量，来保护海外的天然气管道。俄罗斯也正在加强波罗的海舰队建设，协助探测海底,保护建成的管道。[1]

能源领域所有的这些举措,都可以被看作是一个更大的经济哲学的一部分——更多是基于国家安全利益,而非现代化或自由贸易的观念。芬兰国际问题研究所(the Finnish Institute of International Affairs)的分析人士认为,俄罗斯用其能源资源作为"能源地缘经济"(energy geo-economics):重要的不是能源项目是否盈利,而是实现地缘战略目标和确保普京政府的权力和利益。比如说,凭借北溪海底管道项目,俄罗斯可以在欧盟中打入楔子,由于欧洲国家对俄罗斯天然气的依赖度各有不同,在能源政策方面的利益诉求也各不相同。特别是,这一项目可能会破坏欧盟官方将乌克兰作为东西方能源运输"中转国家"的努力。[2]

除了这些传统的经济手段,俄罗斯还在利用21世纪的网络攻击手段,破坏对手的稳定。这些非军事的战争手段包括拒绝服务攻击(denial of service attacks)、黑客攻击以及利用互联网散布假消息。2007年,爱沙

---

[1] http://www.energypost.eu/case-nord-stream-2/
[2] http://www.fiia.fi/en/publication/571/dividing_the_eu_with_energy/

尼亚的重要国家机构网站遭到猖狂的网络攻击，包括爱沙尼亚议会、银行、部委、报纸和广播机构在内的机构网站纷纷瘫痪。这些袭击是克里姆林宫对爱沙尼亚决定搬迁所谓"塔林青铜战士雕像"的回应。这座雕像是苏联时代的纪念雕像，意在纪念 1944 年苏联军队解放爱沙尼亚首都塔林。几十年来，这座雕像都被放置在塔林市中心，安置于苏联士兵之墓上。爱沙尼亚政府将这一雕像和士兵墓一起搬迁到市中心之外的军事公墓的决定，引发了俄罗斯和爱沙尼亚之间关于如何看待第二次世界大战的政治分歧，特别是关于如何看待苏联红军解放爱沙尼亚。

网络攻击的影响深远，严重影响了爱沙尼亚与外部世界的联系。虽然袭击的确切来源难以确定，但是相关证据都指向俄罗斯。[1] 2008 年俄罗斯与格鲁吉亚战争期间，类似的网络攻击也淹没了南奥塞梯、格鲁吉亚和阿塞拜疆的许多政府网站，尽管俄罗斯政府再次否认与这些袭击有关。

1　Edward Lucas, *The New Cold War: Putin's Russia and the Threat to the West,* 3rd edition (New York: Palgrave Macmillan, 2014); and Lucas Kello, "The Meaning of the Cyber Revolution: Perils to Theory and Statecraft," *International Security*, Vol. 38, No. 2 (Fall 2013), pp. 7–40.

间谍游戏

在核军备竞赛之外，间谍活动也是冷战的鲜明特色。苏联和西方都部署了大规模的间谍网络，以了解彼此的优势和劣势，预测对方在国际舞台上的一举一动。这些间谍活动都已经在各类书籍、好莱坞电影和电视节目中反复出现，这包括约翰·勒卡雷（John le Carré）的经典小说《锅匠、裁缝、士兵、间谍》（*Tinker Tailor Soldier Spy*），描述了如何在英国情报部门中挖出苏联间谍的故事。还有福克斯电视网（Cable FX）大热的电视剧《美国谍梦》（*The Americans*），讲述两名苏联克格勃间谍在 80 年代早期假扮普通美国夫妇，生活在华盛顿郊区，一边运营旅行社，一边等待克格勃下达任务的故事。《美国谍梦》一剧基于在美国潜伏的苏联间谍的真实故事，他们往往经过多年训练，以掩盖自己的真实身份。与他们在苏联大使馆和领事馆里的"合法"同行不同，这些"非法人士"（正如美国司法部所知的）不像外交官那样可以豁免起诉，因此要费很大力气隐藏自己的身份。

第四章 冷战的回归

尽管我们曾经认为这些间谍活动可能只存在于历史书中，但是近年来，俄罗斯的间谍活动已经达到了前所未有的水平，非法活动又以新的形式回归。2006年，加拿大官员驱逐了一名居住在蒙特利尔的俄罗斯公民，他被怀疑伪造加拿大公民身份实施间谍活动。这次逮捕是2010年联邦调查局开展规模更大的调查行动的前奏，在这次行动中，美国执法部门发现了俄罗斯联邦对外情报局（SVR）在美国潜伏的10名间谍。这些潜伏的间谍与学术界、产业界人士及政策制定者建立联系，伺机刺探情报。后来，他们被指控为"代表俄罗斯政府在美国执行长期、秘密任务"，是外国政府的"非法代表"。在认罪之后，这些俄罗斯间谍被送往维也纳。（2011年公开披露的莫斯科法律文件显示，另有2名俄罗斯间谍成功逃离美国，未被逮捕。）同一天，这10名间谍被用来交换4名俄罗斯人，其中有3人因为间谍罪（叛国）指控在俄罗斯被关押入狱。[1] 在冷战期间，重获自由的俄罗斯间谍在返回莫斯科后一般会保持低调，但是这一系列间谍交换活动中最著名的成员安娜·查普曼（Anna

---

[1] https://www.fbi.gov/news/stories/2011/october/russian_103111/russian_103111

Chapman),在回到俄罗斯后转行成为内衣模特、公司女发言人以及电视明星。

终极地缘政治

军事对抗,经济讹诈,间谍行动,外交对峙,这些都很容易让人得出历史回归的结论。但是,尽管俄罗斯越来越强硬,与西方竞争的迹象也越来越明显,把我们现在这个时代定义为"冷战 2.0"依然不合时宜。超级大国之间长达 40 年对抗形成的冷战,与今天俄罗斯与西方之间的对抗关系仍有显著不同。

首先,也是最重要的,是冷战在意识形态领域的激烈对抗。几个世纪以来,大国竞争是国际关系史的共同主题,但是苏联和美国将它们的所有体系置于战争之中,这也是冷战如此特别的原因之一。我们在 21 世纪的有利位置,放大了自由民主的必然性。但是正如我在第一章中所说的那样,这掩盖了 20 世纪大部分时间各种政治思潮相互竞争的事实,特别是在 1918 年——灾难性的第一次世界大战结束之后出现的情况。大萧条令资本主义经济制度饱受质疑,第二次世界大战的屠杀则

第四章 冷战的回归

体现了在民族主义推动下,西方国家能堕落到何种程度。此外,对于殖民帝国合法性的打击,始于第一次世界大战期间,在两次大战期间进一步加剧,并在40年代达到了高潮,全球范围内争取独立的运动此起彼伏——有些通过暴力形式,有些是非暴力。苏联体系的马克思列宁主义世界观,将其合法性置于在全球推动革命,推翻压迫殖民政权和资本主义不平等的经济制度之上,并力图建立所有阶级和种族一律平等的制度。在斯大林的统治下,原始马克思主义自觉、自发而产生的革命,被苏联中心的意识形态取代:苏联是社会主义的中心,社会主义会传播并击败资本主义。但是这一观念的扩张主义思想同样强大。

1945年,苏联和美国为了消灭共同的敌人希特勒所建立的基于利益的同盟终结,两国都面临一个新的现实:欧洲权力真空以及发展中世界一批新独立国家前途命运未知。至于美苏两国在战时的合作为什么未能持续到"二战"之后,历史学家已经就此出版了无数的专著。其中在很大程度上是因为美苏两方基于自己的战争经验,对于1945年之后的国际安全形势有不同概念和认识。比如说,苏联曾经遭受侵略的历史,让它对"领土安全"的概念尤为关注,认为在边境上设立"缓冲国"至关重要。相反,美国则试图建立基于合作、自由贸易和民族自决的后殖民世界,以及集体安全制度。美国认为,大国应齐心协力,共同应对和平与安全的挑战。

对于1945年之后"依然幸存"的大国而言,双方之间的关系必然存在着各种各样的摩擦,即便两个都是自由民主国家。但是,对抗的水平和性质依然受相冲突的意识形态影响,以及更重要的——他们在全球输出和抵御这些意识形态的影响。因此,斯大林所期望的"缓冲"状态,并不仅仅是在军事安全上友好,在意识形态上也必须与苏联保持一致,不会对苏联的政权构成威胁。事实上,斯大林希望这些缓冲国作为社会主义国家取得成功,这样也能增强苏联自身的合法性。同样,华盛顿对于战后经济秩序的初步设想,是一套包括苏联在内的一系列倡议和制度(比如马歇尔计划和世界银行)。但在苏联看来,这一秩序很快就变成了自由资本主义国家的俱乐部,试图通过经济武器传播西方的模式。

冷战期间,双方利用一切机会展现自身制度优越性。每一次苏联艺术家叛逃西方，或是西方间谍叛逃莫斯科，都被当作是资本主义或共产主义的胜利。民主德国赢得的每一枚奥运金牌，以及西方国家队伍在冰球比赛中获得的每一场胜利，都是自己制度优越性的证明。双方每一次进入太空，不管是1957年莫斯科发射的人类第一颗人造卫星"伴侣号"（Sputnik），还是1969年美国航天局（NASA）成功将人类送上月球，都是东西方阵营科学技术先进性的体现。世界上的每一次内战，不管是在亚洲还是非洲，都是资本主义和社会主义通过"代理人"进行的较量。

今天俄罗斯与西方的关系，却没有类似的思想意识形态碰撞，同样也不是"主义"或单一制度之间的斗争。事实上，今天的俄罗斯在很大程度上已经是资本主义，其经济制度也与冷战时的管理型和中央计划型的经济制度相差甚远。俄罗斯也融入了西方经济，凭借丰富的自然资源成为欧洲最大的天然气、石油及煤炭供应国之一。相反，这个时代更是充满了价值观的冲突——在西方鼓吹的公开选举、言论和结社自由、法治，与俄罗斯的混合民主、寡头政治、以对个人自由的限制所换取的经济增长之间做出选择。俄罗斯模式,更为强调国家认同和宗教。

国家领导人交流时的言辞,也与原版冷战期间戏剧性的敌对语言有着显著的差别,当时苏联和美国都称对方是"死敌"(sworn enemies)。虽然在90年代初建立的伙伴关系已经被削弱,但这并不意味着俄罗斯与西方没有共同目标和利益。2014年7月,俄罗斯总统普京在美国独立日向奥巴马致贺信,其中就指出尽管美俄之间存在分歧,但美俄关系依然是国际稳定和安全的最重要因素。他同时还表示,对俄罗斯与美国齐心协力应对全球威胁和挑战充满信心,"如果美俄双边关系可以在基于平等和尊重彼此利益的原则之上"。[1] 这一观点也反映在美国国务卿与俄罗斯外交部部长持续进行的高层沟通对话上——这一层次的外交接触在冷战期间从未出现过,尽管这些对话经常不顺利。另外,"9·11"事件之后,普京、梅德韦杰夫及其他俄罗斯政治家一直在持续努力,推动俄罗斯和西方协力应对共同的敌人——伊斯兰恐怖主义,以及最近的"伊斯兰国"。

---

1 http://www.reuters.com/art icle/us-usa-russia-putin-idUSKCN0PE0CO20150704

第四章 冷战的回归

冷战与当前美俄关系紧张的第二个区别，在于对抗的范围。我们必须记住，冷战实际上是全球对抗：美国及其盟友对抗苏联及其盟友。有时候，这样的冲突发生在欧洲中部，特别是在德国这样东西方对峙、极具象征意义的地方。但是在更多的时候，冷战冲突发生在所谓的"第三世界"——越南、印度尼西亚、安哥拉、莫桑比克——或者超级大国势力范围的边缘——不管是在中欧之于苏联，还是拉丁美洲和加勒比海之于美国。冷战对抗高峰的标志性事件——1962年的古巴导弹危机，一度将美苏带入核战争的边缘——正是在这一边缘地带出现的。

尽管从实际操作的角度看，苏联在古巴这样一个加勒比国家设立共产主义前哨是不现实的。但从主导冷战的意识形态角度看，这一决定却是个完美的选择，两方都试图在每一块大陆上建立意识形态阵地。正如在90年代初期，历史学家通过苏联公布的解密档案发现的那样，古巴一直是克里姆林宫最优先关注的，因为古巴点燃了引发整个拉丁美洲马克思主义革命的火花。用历史学家约翰·刘易斯·加迪斯（John Lewis Gaddis）的话说，共产主义传播到这一地区的诱人前景,"让莫斯科感到*激动*不已"。[1]

美国也是一样,冷战期间一直试图遏制共产主义在东南亚的势力,这在越南战争期间达到了顶峰。华盛顿、伦敦、巴黎的政治决策者害怕苏联作为革命国家,会对非洲、亚洲以及拉丁美洲那些刚刚摆脱殖民统治、赢得自身独立地位的国家产生极大的吸引力。正如加迪斯指出的,他们害怕"冷战可能因为后门失火而失败"。[2] 但回过头来看,似乎很难理解为什么确保西贡当局(并不受欢迎)是一个非共产主义政府,是维护美国在世界上信誉的关键。这一假设——回想起来是如此不合理——即越南的命运将主宰整个地区的命运:东南亚这个由多个国家组成,在人口和文化上都具有高度多样性的地区将被单一意识形态控制。但这就是冷战的思维。任何地方发生的事件,都会影响到每个超级大国的地位。

因此,我们今天所看到的,并不是意识形态冷战的回归,而更多是老一套的地缘政治的复兴。俄罗斯和西方的竞争是地区性的,主要聚焦在欧洲的东翼(包

---

1 John Lewis Gaddis, *We Now Know: Rethinking Cold War History* (Oxford, U.K.: Oxford University Press, 1997), p. 291.
2 同上书,p.152。

括乌克兰和波罗的海）、苏联的南部地区（比如格鲁吉亚、摩尔多瓦、阿塞拜疆和亚美尼亚），以及历史更为久远的、冷战之前对于中东的争夺。很多评论家用"地缘政治"一词，作为世界政治中全球对抗的代称。但事实上，它具有更精确的含义，涉及政治权力与地理空间的动态相互作用。而对于1904年，首先使用这个概念的英国地理学家哈尔福德·麦金德（Halford Mackinder）来说，地缘政治就是扩张和竞争特定的领土空间：欧亚大陆以及东欧的"心脏地带"。他的著名论述就是"谁控制了心脏地带，谁就控制了世界"。[1]

冷战在20世纪90年代结束之后，俄罗斯、美国和西欧国家融合进了美国政治评论家沃尔特·拉塞尔·米德（Walter Russell Mead）所说的统一的"地缘政治基础"之中：统一的德国、苏联的解体，以及将中欧和东欧的前华约国家纳入北约和欧盟。在中东，美国的盟友逊尼派国家（即沙特阿拉伯、卡塔尔、阿联酋、埃及和土耳其）占据主导地位，对共同遏制伊朗也有大致的共识。但是今天，后冷战时代早期的共识业已崩溃，地缘

---

[1] Halford J. Mackinder, "The Geographical Pivot of History" in *Democratic Ideals and Reality* (New York: Norton and Company, 1962).

政治对抗已经恢复。在中东,目前已经出现了国际化的教派冲突——举例来说,伊朗在叙利亚和也门对抗沙特。在所谓的"心脏地带",普京总统寻求建立欧亚经济联盟(Eurasian Economic Union,到 2015 年,该联盟包括俄罗斯、白俄罗斯、哈萨克斯坦、亚美尼亚和吉尔吉斯斯坦),反对北约的进一步扩张,并改变了格鲁吉亚和乌克兰的领土现状。[1]

尽管大国间的权力政治对抗已经恢复,并在某些情况下部署军事力量的意愿上升,但是今天大国间的竞争还是地区性的,而非全球性的。这也是能力和意愿作用的结果:俄罗斯不可能将其影响力拓展到欧亚大陆之外——即便如此,收益也非常有限,美国也大大收缩了其全球战略目标,以及在海外部署部队的意愿。

2016 年不同于 1946 年的第三个方面,在于美国和俄罗斯的地位。在冷战期间,这两个国家都是无可匹敌的超级大国。整个世界都由"两极"塑造。俄罗斯人和盎格鲁-美利坚人,正如亚历西斯·德·托克维尔(Alexis de Tocqueville)说的,是两个"世界

---

[1] Walter Russell Mead, "The Return of Geopolitics," *Foreign Affairs*, Vol. 93, No. 3 (May/June 2014).

上的伟大民族","半个世界的命运都掌握在他们手中"。[1] 但是今天的国际体系看起来更为"多极化":像中国、印度、巴西和南非这样的国家正在崛起,再也不是超级大国的囊中之物。他们经常公开挑战美国和俄罗斯的外交政策,也不依靠两国的政治和经济支持。中欧和东欧那些曾经属于苏联势力范围的国家也走出了自己的路,也很少有国家将自己看作俄罗斯的铁杆同盟。事实上,今天的俄罗斯正处于历史上盟友最少的时期。[2] 更重要的是,即便在西方国家之间也有严重分歧,而华盛顿也不能总以"联盟团结"的名义打压这些分歧。特别是在2003年伊拉克战争期间,法国和加拿大等国家就不同意美国进行军事干涉。应当采取何种方式应对俄罗斯在乌克兰的行动,美欧之间也存在巨大分歧。

第四,原版冷战的结构和动能在很大程度上由核军备竞赛决定。在核军备竞赛的高峰,冷战每一方都有数以万计的核弹头,足以毁灭对方无数次。主导美苏关

---

[1] Alexis de Tocqueville, *Democracy in America*, ed. J. P. Mayer, trans. George Lawrence (New York: Doubleday, 1969), pp. 412–413.

[2] Edward Lucas, *The New Cold War: Putin's Russia and the Threat to the West*, 3rd edition (New York: Palgrave Macmillan, 2014).

系的战略理论就是"确保相互摧毁"(mutually assured destruction),以及其极具讽刺意味的缩写MAD。虽然美国依然拥有核武库,普京统治下的俄罗斯也增加了军费,但由于过去20年两国之间的一系列军备控制协议,两国的导弹和核弹头要达到冷战水平依然是不可能的。更不用说,美俄双方的军事理论早已不是彻底消灭对方。正如美国国际事务分析员詹姆斯·斯特维迪斯(James Stavridis)指出的,"最初的冷战是欧洲福尔达峡谷(the Fulda Gap)数百万时刻准备攻击对方的部队——像《猎杀红色十月潜艇》(Hunt for Red October)里描写的那样满世界互相追杀对方的庞大舰队——以及巨大的一触即发准备摧毁全世界的核武库"。[1]

这些将得出最后一点。尽管今天的俄罗斯大胆地宣称自己已经恢复了大国地位,但从各个方面看,还是比之前的苏联弱了很多——这也导致与美国巨大的实力差距。美国的经济规模是俄罗斯的八倍,军费支

---

[1] James Stavridis, "Are We Entering a New Cold War? It's Not a Strong Russia We Should Fear, But a Weak One," *Foreign Policy*, 16 February 2016. 参见http://foreignpolicy.com/2016/02/17/are-we-entering-a-new-coldwar-russia-europe/

出要多出七倍。[1] 自乌克兰冲突开始以来,俄罗斯的经济状况变得更为糟糕——部分原因是西方制裁的结果,部分原因是石油价格的急剧下降。2015年,俄罗斯卢布贬值50%,经济严重衰退,经济总量收缩了5%。[2] 在普京任总统期间,支持度其实是与促进经济繁荣的能力密切相关的。现在,随着经济增长的下滑,以及总统迅速消耗俄罗斯的外汇储备,普京总统捍卫俄罗斯(而非西方)传统价值观和外交政策的言辞也更为强硬。事实上,一些西方分析人士认为,今天西方最大的担忧是一个相对较弱的俄罗斯,而非强大的俄罗斯。因为相对较弱的俄罗斯会在国内采取更为严厉的控制手段,在国外实施更多的冒险政策,以维持其政治统治。[3] 普京对于经济下滑的反应,是通过限制外国

---

[1] Robert Legvold, "Managing the New Cold War: What Moscow and Washington Can Learn from the Last One," *Foreign Affairs*, Vol.93, No. 4 (2014). 参见https://www.foreignaffairs.com/articles/united-states/2014-06-16/managing-new-cold-war

[2] Andrew Kuchins, "Crimea One Year On: Where Does Russia Go Now?" *Center for Strategic and International Studies*, Vol. 18(March 2015).

[3] James Stavridis, "Are We Entering a New Cold War? It's Not a Strong Russia We Should Fear, But a Weak One," *Foreign Policy*, 16 February 2016. 参见http://foreignpolicy.com/2016/02/17/are-we-entering-a-new-cold-warrussia-europe/

资产和投资,使俄罗斯对于西方的依赖降低,从而采取更为孤立的经济政策。但正如美国前驻俄大使迈克尔·迈克福尔(Michael McFaul)所说,"历史告诉我们,这可能不是繁荣的秘诀,而是进一步引发经济危机和不稳定的原因"。[1]

俄罗斯不自由的民主

即便俄罗斯与西方的关系不会恶化为新冷战,俄罗斯的政治发展走向也不会像柏林墙倒塌之后,西方评论家和政策决策者所欢呼的那样,朝着自由民主的方向前进。对于很多西方人来说,在普京的领导之下,俄罗斯滑向专制主义,不仅对俄罗斯本国的自由民主事业造成毁灭性打击,也会对自由民主事业在全球的扩张造成潜在危害。俄罗斯政治学家谢尔盖·卡拉加诺夫(Sergey Karaganov)就指出,"很显然,俄罗斯下定决心改变过去25年来的游戏规则。俄罗斯不愿意妄自菲薄、低三下四,已经放弃了成为西方一部分的

---

[1] Michael McFaul, "Putin the (Not So) Great," *Politico Magazine*, 4 August 2014.

努力"。[1]

鲍里斯·叶利钦在 90 年代初期当政时,尽管腐败猖獗,但是政治制度和媒体总体上还比较自由。与那时的俄罗斯相比,现在的普京一直在对反对党、媒体和对政权直言不讳的批评人士采取逐步的压制措施。他还建立了一套复杂的宣传机器,激起了部分俄罗斯人的极端民族主义和排外主义情绪。在这个过程中,普京成功获得了俄罗斯大多数民众的支持。但这就产生了一个问题:一个威权主义政府,为何可以一直具有民主合法性?

在普京的统治之下,反对派运动和政党都日益边缘化。即便没有正式的审查制度,或直截了当的禁令禁止反对派的政治活动,法律体制也得以进一步扩大,对活跃的异议人士进行选择性镇压——比如通过捏造经济或金融的犯罪指控,以此打压活动人士。在最近公布的打击分裂主义法令之下,鞑靼族社会活动人士拉夫斯·卡沙波夫(Rafis Kashapov),因为在社交媒

---

[1] Sergey Karaganov, "Europe and Russia: Preventing a New Cold War," *Russia in Global Affairs*, No. 2 (April/June 2014). 参见http://eng.globalaffairs.ru/number/Europe-and-Russia-Preventing-a-New-Cold-War-16701

体 VKontakte 上发表谴责俄罗斯吞并克里米亚的文章,被判入狱三年。同样是受这项法令影响,一位单身母亲因转发支持乌克兰的文章,被判一年社区服务。正如欧盟对外关系委员会所说,当这些有选择性的起诉被俄罗斯的主流媒体公布时,民众就会受到惊吓,由此营造一个普遍的"自我审查"环境。[1]

在普京的领导下,俄罗斯的选举也遭到越来越多的国际批评。2007年的杜马选举,普京的统一俄罗斯党赢得64%的选票。欧安组织和欧洲委员会都认为,这一投票不符合公正民主选举的标准,批评"滥用行政资源"以及"媒体报道强烈倾向于执政党"。这两个组织也表示,民意调查"是在严格限制政治竞争的气氛中进行的",因此未能创造"同一层次的政治竞争环境"。[2] "大赦国际"谴责俄罗斯当局"在选举过程中系统性侵犯人权,打压集会自由和言论自由,殴打记者、人权活动人士,并拘捕抗议示威者"。一个典型的案例,是以未经允许组织示威和拒捕为

---

[1] http://www.ecfr.eu/article/commentary_in_search_of_russias_elusive_repression_strategy_6021. 针对这些违法行为的处罚,被列入俄罗斯联邦刑法的第280条和第282条之中。

[2] http://news.bbc.co.uk/2/hi/europe/7124585.stm

名，对反对派领导人、前国际象棋世界冠军加里·卡斯帕罗夫（Garry Kasparov）实施逮捕，并处以五天行政拘留处罚。[1]

2012年，普京在大选中获得一边倒的胜利，重新回归总统宝座。这次选举也同样遭到舞弊指责。有视频显示，选举中出现了伪造选票和"轮转投票"的情况——即雇佣同一个选民在多个选举点轮流投票。[2] 欧安组织在声明中宣布："这次选举从最开始就存在严重问题。我们对于选举的看法是，选举结果是不确定的。这不仅仅是俄罗斯的问题。选举中没有真正的竞争，最后的赢家滥用政府资源是毫无疑问的。"[3]

2011年，数以万计的抗议者高喊"没有普京的俄罗斯"的口号，谴责之前选举中的舞弊行为。政府则采取强有力的措施阻止大规模示威，包括执行《反抗议法》——政府称是为了防止恐怖主义——允许联邦安全机关特工向人群开火，并授予他们"不经警告即

---

1 https://www.amnesty.org/en/press-releases/2007/11/russian-federation-systematic-repression-eve-elections-20071128/
2 http://www.t heguardian.com/world/2012/mar/05/russian-election-skewed-putin-favour
3 http://www.osce.org/odihr/elections/88661

使用武器、特殊手段和身体暴力的权利"。俄罗斯当局还采取了一系列措施,包括禁止反对派人物进入俄罗斯杜马等方式,确保选举结果不会影响俄罗斯杜马现状,即普京的统一俄罗斯党在反对派共产党的支持下,占据主导地位,最后克里姆林宫痛下杀手,限制了那些"不受欢迎"的非政府组织的影响力,并将他们称为"外国代理人"。这一措施有效剥夺了反对派政治家从草根基层获得的支持,而这原本可以帮助他们对付政府所支持候选人拥有的各种优势。[1]

俄罗斯政府也采取了一些更为极端的方式遏制国内的批评声音。英国记者爱德华·卢卡斯(Edward Lucas)报道了莫斯科律师事务所的审计师谢尔盖·马格尼茨基(Sergei Magnitsky)的故事,他因为揭露了俄罗斯官员针对纳税人的数以百万计的欺诈行为遭到起诉。被关押一年后,他在审前拘留期间死亡。在死亡当天,马格尼茨基曾惨遭严重殴打,处境危急。作为回应,俄罗斯当局称马格尼茨基因为欺诈被捕,并

---

[1] http://www.forbes.com/sites/paulroderickgregory/2016/03/14/putin-changes-september-election-rules-to-prop-up-his-unitedrussia-party/#7e6b61c958a2

判其有罪。[1] 2006年10月，俄罗斯记者安娜·波利特斯科夫斯卡雅（Anna Politkovskaya）因为批评俄罗斯在车臣的军事行动，被列入"国家公敌"的黑名单后，在自家门口被枪杀。但或许最臭名昭著的案例，是亚历山大·利特维年科（Alexander Litvinenko）案，他曾任俄罗斯国内安全总局（FSB）特工，后叛逃前往伦敦。在波利特斯科夫斯卡雅遇害几周后，利特维年科在伦敦梅菲尔（Mayfair）的一家酒店遭人下毒。他的茶杯中被人放入罕见的放射性同位素（钋-210），随后因辐射过量死亡。2016年，由一名英国退休法官负责的公开调查得出结论称，此案中有"有显著的间接证据证明俄罗斯政府参与其中"，俄罗斯安全部门特工下毒的行为可能得到了政府最高层次的批准。[2]

普京总统的俄罗斯联邦也通过收购独立媒体，控制其播出内容的方式，逐渐实现对俄罗斯国家媒体舆论的主导地位。这一点在电视台上体现得尤为明显（超

---

[1] Edward Lucas, *The New Cold War: Putin's Russia and the Threat to the West*, 3rd edition (New York: Palgrave Macmillan, 2014).

[2] http://www.nytimes.com/2016/01/22/world/europe/alexander-litvinenko-poisoning-inquiry-britain.html?_r=0

过90%的俄罗斯人看电视[1]),对报纸、广播电台以及互联网的控制也越来越强。很多民主分析人士相信,普京治下的国家媒体已经变成宣传工具,而非强大的公民社会制度。在2013年年度新闻发布会上,普京告诉记者:"国家信息资源应该由具有爱国主义思想、维护俄罗斯联邦利益的人主导……这些都是国家资源,就应该是这个样子。"但是私营传媒机构很大程度上也受到了克里姆林宫的影响,抵制这些影响的机构被边缘化,或者经常遭受骚扰,特别是成为反恐行动和税务检查的重点对象。[2]

俄罗斯政府通过控制媒体,创造出对领导人的个人崇拜氛围,这也被爱德华·卢卡斯称为俄罗斯政治的主要特征。他写道,"1999年掌权时那个低调、沉默的普京已经只是回忆,现在的普京操作起重机,勇救被西伯利亚虎袭击的女记者,驾驶战斗机,在黑海潜水还'找到'两件古董(后来被发现是从博物馆借的)"。[3]

---

1 http://www.themoscowtimes.com/article/502258.html
2 http://www.theatlantic.com/international/archive/2015/04/how-the-media-became-putins-most-powerful-weapon/391062/
3 Edward Lucas, *The New Cold War: Putin's Russia and the Threat to the West*, 3rd edition (New York: Palgrave Macmillan, 2014).

普京政府还扶持那些名义上独立,但是亲克里姆林宫的民主社会组织和团体。这其中最著名的是2005年在政府支持下成立的爱国青年联盟"纳什"(Nashi,意思是"我们的")——看起来似乎是对乌克兰2004年橙色革命中反政府示威者的直接回应。到2007年末,这一组织已发展到至少有12万人,可以在短时间内动员数以千计的身着制服的少年,以反制反政府示威抗议。在2011年年底俄罗斯反政府示威游行中,这一组织迅速组织了反示威,充分展示自身能力。[1] 西方评论家因此将这一组织称为"普京青年团"(Putinjugend)——仿照纳粹德国的"希特勒青年团"(Hitlerjugend)——并将其比喻为苏联时代的共青团。

对很多西方人来说,这些都是俄罗斯不能或者不愿意像众多后共产主义时代的东欧国家那样,转向自由民主制度的证据。叶利钦时代的俄罗斯,曾经出现实行自由民主的政治经济制度,并向西方靠近的迹象。普京时代的俄罗斯则拒绝政治和社会的自由化。国际事务知名

---

[1] Maya Atwal and Edwin Bacon, "The Youth Movement Nashi: Contentious Politics, Civil Society, and Party Politics," *East European Politics*, Vol. 28, No. 3 (2012), pp. 256–266.

分析人士罗伯特·卡根（Robert Kagan）指出俄罗斯与西方更多是"求异"，而非"求同"。选举只是用来批准普京所做出的决定；法律制度是打击政治反对派的工具；媒体完全掌握在政府手中。在卡根看来，这样"沙皇主义"的政治制度使当代俄罗斯完全进入专制主义阵营，也再次激活了始于18世纪晚期、贯穿第一次和第二次世界大战的自由主义和专制主义之争。[1]

然而，我们在俄罗斯看见的，并不完全是19世纪的专制主义或者苏联式独裁的回归。相反，这看起来更是一种现代的政治混合体。除了对自由的侵蚀令人担心之外，21世纪的俄罗斯与苏联时代封闭的俄罗斯相距甚远，当时共产党政权和克格勃控制了大部分日常生活，甚至到国外旅行都是特权。在苏联时代非法的宗教和私营企业，今天都已经是俄罗斯社会不可分割的一部分。最重要的是，反对派政党是存在的——尽管处于政治体系的边缘，不能轻易实施抗议示威，在媒体上也没有什么声音。[2]

---

[1] Robert Kagan, "The End of the End of History," *The New Republic*, 23 April 2008.
[2] Edward Lucas, *The New Cold War: Putin's Russia and the Threat to the West*, 3rd edition (New York: Palgrave Macmillan, 2014).

因此，相较于自由主义，今天的普京政府似乎符合很多俄罗斯人对威权主义和民粹主义的偏好。[1] 相较于西方国家领导人，普京的个人支持率始终居高不下，并在2015年6月达到了87%的历史最高水平。[2] 这些数字也表明，普京的俄罗斯可能不会放弃民主制度，而是为西方的自由民主主义提供另一种模式。而这也恰逢自由民主制度自身面临诸多经济和政治混乱的阶段。正如俄罗斯外交部部长拉夫罗夫指出的，"在思想的市场上出现了真正的竞争环境，这也是多年来的第一次"。[3]

新俄罗斯主义的主权民主

拉夫罗夫的观点，挑战了福山的预测，即苏联的解体意味着人类历史的进步不再受意识形态斗争的驱

---

[1] https://www.wilsoncenter.org/publication/putin-and-therussian-tradition-illiberal-democratic#sthash.3t29Kguf.dpuf

[2] http://www.theguardian.com/world/datablog/2015/jul/23/vladimir-putins-approval-rating-at-record-levels

[3] Sergey Lavrov, "The Present and the Future of Global Politics," *Russia in Global Affairs*, No. 2, April/June 2007. 参见http://eng.globalaffairs.ru/print/number/n_8554

动。尽管采取了竞争性的选举制度，但后苏联时代的俄罗斯在言论自由、不受干扰和批评性媒体以及结社自由方面已经走上了鲜明的非自由道路。在《自由的未来》(*The Future of Freedom*)一书中，法里德·扎卡里亚（Fareed Zakaria）——也是"非自由民主"一词的发明者——解释了个人自由和民主在西方可以相互结合，但是在世界其他地方却不一定是相互联系的。在很多国家，对于自由的束缚可能反而得到大多数选民的支持。[1]

然而，我们并不清楚这种非自由民主制度是否由新兴的意识形态构成，或得到其支持。许多普京的批评者认为，他所支持的价值观仅仅是为了维持权力和专制统治。但是卡根指出，很多西方人认为那些人不愿意接纳自由民主制度，仅仅是为了加强个人权力或"保护攫取的财产"，这无疑是非常愚蠢的想法。个人的经济动机毫无疑问是存在的，但是他们的制度是为了服务更高的目标这一信念同样也是存在的。以普京为例，这些信念包括政治秩序、国内的经济成

---

1 Fareed Zakaria, *The Future of Freedom: Illiberal Democracy at Home and Abroad* (New York: W. W. Norton, 2001).

功、国际影响力、大国地位。俄罗斯的领导人，担心无法将他们庞大的国家——覆盖诸多时区、民族和宗教——凝聚在一起。西方的自由民主制度，由于经常实现权力更迭和政治议程转换，似乎不太适合创造稳定的政治环境。

为了赋予这一替代制度合法性，普京和他身边的小圈子人士给这一制度起了个名字，"主权民主"（sovereign democracy），并将之作为俄罗斯制度的品牌。与马克思列宁主义持续呼吁世界革命的政治哲学或意识形态不同，"主权民主"更多是证明自身合法性。爱德华·卢卡斯这样解释道，其主要作用"是解释为什么克里姆林宫唯我独尊的政治和经济权力是自然秩序的一部分，而非欧洲主流秩序的偏差"。[1] 这也是对西方思想的一种不同挑战——是从更广义的民主制度内部挑战，而非从民主之外。

主权民主的观点，引自俄罗斯宪法序言中的两个重要概念，由俄罗斯总统办公厅副主任弗拉迪斯拉夫·苏尔科夫（Vladislav Surkov）进一步完善，他也被普遍认

---

[1] Edward Lucas, *The New Cold War: Putin's Russia and the Threat to the West*, 3rd edition (New York: Palgrave Macmillan, 2014), p. 6.

为是克里姆林宫的主要政治战略家。在统一俄罗斯党2006年2月的一次演讲中，他描述了主权民主的制度体系，即政权机关的权力和决定，"掌握在为了实现物质富裕，所有公民、社会组织和民族的自由和公正而努力奋斗的俄罗斯各族人民手中"。[1] 这一定义不断被克里姆林宫领导人重复，尤其是普京自己，并以此将今天的俄罗斯民主与前总统叶利钦时代的民主区分开。当时的俄罗斯民主，被看作是软弱的，甚至掌握在外国人手中。

主权民主的概念有两个维度。第一个维度是内向的，旨在使当前的执政党（统一俄罗斯党）的统治和政治议程合法化，并使俄罗斯免受曾导致格鲁吉亚和乌克兰这样的"后苏联国家"发生革命的民众运动及不稳定的压力。这是一个涉及反多元主义和反民粹主义的民主观念。选举并不是用来传递分歧和利益冲突，而是明确地界定权力的轮廓：谁是统治者、谁是被统治者。或者，按照分析人士伊万·克拉斯特夫（Ivan Krastev）所说，选举不是用来代表人民的工具，而是

---

[1] Vladislav Surkov, "Nationalization of the Future" (2006), cited in Andrey Okara, "Sovereign Democracy: A New Russian Idea or a PR Project?" *Russia in Global Affairs*, No.3, 2007. 参见http://eng.globalaffairs.ru/number/n_9123

在"人民面前展示权力"。[1]

宗教也在俄罗斯模式中发挥了重要作用：与共产主义不同，俄罗斯东正教会的道德和精神合法性在主权民主中发挥了重要作用——是这个国家历史的一部分，对于俄罗斯的历史地位和影响力贡献颇大。普京自己定期参加教会礼拜，并喜欢向来访者讲述自己冲进火海、保护十字架的故事。普京就任总统后，教会是俄罗斯信誉度第二高的机构。俄罗斯政府为教会提供保护，在税收和法律方面给予便利。教会则向俄罗斯政府效忠，帮助政府将俄罗斯与西方区分开。它将联合国宣言中明确的个人权利概念描述为得到西方支持的理论建构，并用"信念、道德、（对国家的）神圣誓言、祖国"取代《人类尊严和权利宣言》，并指出这些和"人权一样重要"。[2] 东正教会也将自己定义为所谓外国宗教的对立面，特别是对罗马天主教会，

---

[1] Ivan Krastev, " 'Sovereign Democracy,' Russian Style," *Open Democracy,* 16 November 2006. 参见https://www.opendemocracy.net/globalization-institutions_government/sovereign_democracy_4104.jsp

[2] Edward Lucas, *The New Cold War: Putin's Russia and the Threat to the West*, 3rd edition (New York: Palgrave Macmillan, 2014), pp. 156–157.

这也反映了克里姆林宫反对欧盟和北约的战略。

主权民主的第二个维度是外向的,旨在使俄罗斯免受21世纪初的全球化、恐怖主义和大规模移民等外在压力的影响。这意味着对外国干涉和国内自决自由的强烈主张,也反映出正在经历政治转型的国家对西方干预的批评。用一家克里姆林宫支持的媒体的话说:"(主权民主)是俄罗斯寻求有效融合其国内和国际优先事项,基于国家利益处理对外事务和有效社会安排的优先答案,这可以让俄罗斯对外界变化做出反应,确保为其公民提供舒适的生活。这不是一个简单的任务,也不能只是说说而已。这里的问题在于,一个国家并不是一直都具备在世界上维护和推行其国家利益的能力。表面上看,世界上有大概200个主权国家,但不是所有的国家都有充分的主权。"[1] 普京和他的政治支持者认为,要想真正独立,国家必须要能抵制"外国权力中心"的压力——特别是美国及其持续推进世界民主化的努力。

---

[1] Leonid Polyakov, "Sovereign Democracy as a Concept for Russia," *Russia Beyond the Headlines*, 24 October 2007.参见http://rbth.com/articles/2007/10/25/sovereign democracy_as_a_concept_for_russia.html

俄罗斯模式的扩散

卡根指出,主权民主的原则唤起了俄罗斯"恢复伟大"的想法。[1] 它在保持国家民主样式的基础上,将自己作为可供其他国家选择的替代模式——特别是那些希望与全球化的经济压力和西方主导的政治民主化压力相隔离的国家。这从西方国家的反建制政党对普京深表赞赏就能看得很清楚,这些政党在西方的政治光谱中要么是极左的,要么是极右的。

法国国民阵线的玛丽娜·勒庞就是其中之一,她也毫不掩饰自己对普京的赞赏。她的政党与克里姆林宫的高层人物有联系,包括俄罗斯的副总理德米特里·罗戈津(Dmitry Rogozin)。罗戈津曾经在2005年组织反移民运动,口号就是"清除莫斯科的垃圾"。这里的联系还包括物质联系:国民阵线承认收到一笔贷款(总额达到4000万欧元),以及该党创始人让－玛丽·勒庞同样从总部设在塞浦路斯的一家神秘公司

---

1 Robert Kagan, "The End of the End of History," *The New Republic*, 23 April 2008.

借到200万欧元,而这一公司被怀疑与克里姆林宫有联系。[1]

早在2009年,俄罗斯就积极与东欧的极右翼组织建立联系,其中包括斯洛伐克的人民党(People's Party)、保加利亚的反欧盟的民粹主义政党"攻击阵线"(Attack Movement),以及匈牙利的极右翼组织"更好的匈牙利运动"(Jobbik)。这一组织在2015年4月的议会选举中获得20%的选票,立场尤其亲俄。2013年,该运动领导人将俄罗斯描述为"欧洲遗产的守卫者",与"奸诈"的欧盟形成鲜明对比。该党最具争议的人物,欧洲议会议员贝格·科瓦奇(Béla Kovács)曾经为俄罗斯利益游说,并支持入侵克里米亚。更令人惊讶的是,匈牙利的执政党青年民主联盟(Fidez),尽管一度持有强烈的反共立场,现在也与俄罗斯越走越近。在2014年7月的一次演讲中,匈牙利总理维克托·欧尔班赞扬俄罗斯是"非自由民主"的成功样板,他也想效仿这一制度。他响应了克里姆林宫为自己辩护的方式:"匈牙利不仅仅是由单个人组成的,而是必须依

---

[1] http://www.theguardian.com/commentisfree/2014/dec/08/russia-europe-right-putin-front-national-eu

靠组织、强化,直白地说,是通过建构才能凝聚起来的群体。从这个意义上说,我们正在构建的匈牙利是一个非自由国家,或者说不是一个自由主义的国家。"[1]

在左翼势力中,支持普京和他对民主看法的人也有不少。2015年,当希腊欧元危机达到顶点时,希腊与布鲁塞尔债权人的谈判崩溃,希腊总理、左翼激进联盟党(Syriza Party)主席阿莱克斯·齐普拉斯(Alexis Tsipras)与俄罗斯总统普京共同出席圣彼得堡经济论坛。齐普拉斯将俄罗斯描述为"希腊最重要的伙伴之一",暗示如果希腊退出欧元区,将与俄罗斯结盟。齐普拉斯指出,世界已经变得日益多极化,同样也向西方国家传递出了明确的信息:在欧洲之外,他的国家有其他选项——不管是在经济上还是政治上。[2]

普京的俄罗斯与西方的民粹主义政治势力关系愈发密切,其中的一个重要助力,就是克里姆林宫不断向其提供财政支持。除此之外,意识形态联系

---

[1] http://www.kormany.hu/en/the-prime-minister/the-primeminister-s-speeches/prime-minister-viktor-orban-s-speech-atthe-25th-balvanyos-summer-free-university-and-student-camp
[2] http://www.independent.co.uk/news/world/europe/greececrisis-alexis-tsipras-woos-vladimir-putin-as-greeks-rush-fortheir-savings-10333104.html

也发挥了重要作用,尤其是在中欧和东欧。在这里,民粹主义政党和普京的统一俄罗斯党团结在后共产主义的新保守主义大旗之下,他们因为怀疑和抵制欧盟现代化的政治议程而团结一致。《纽约时报》记者约亨·比特纳(Jochen Bittner)将之称为"对失落世界的怀念":相比于欧盟复杂的边境不设防、共享主权和多重身份认同,他们更喜欢基于民族群体简单的社会道德秩序。冷战结束四分之一世纪之后,很多俄罗斯人将社会秩序崩溃、腐败和对未来的不确定性归咎于民主化和自由主义。在欧洲的部分地区,全球化也因为破坏本土产业、破坏社区融合、丧失政治可信度而遭到抵制。[1]

我们自己塑造的世界

西方的民粹主义政治人物不断表达对普京的敬仰,他们同时也公开批评西方政策,以此向政府施压或批评政府——特别是在俄罗斯吞并克里米亚之后颁

---

[1] http://www.nytimes.com/2014/05/21/opinion/bittner-putinmr-putins-far-right-friends.html?_r=0

布的政策。有些甚至更进一步,认为西方目前与俄罗斯的紧张关系,是因为西方将原属苏联势力范围里的国家纳入自己的安全和经济制度之下。这一观点认为,过于自信的西方在冷战之后,没有对俄罗斯合法的国家利益和关切给予足够的关注,并采取了一系列在莫斯科看来威胁其国家安全的政策议程。

这一观点完全是站在俄罗斯的立场上,并将其描述为西方政策的受害者。冷战之后俄罗斯社会的发展,在很大程度上受到其领导人选择的影响——最重要的就是普京——以及社会精英和广大民众支持这一选择的意愿。不管怎么说,我们从原来的冷战中也能学到重要一课,特别是从早期的冷战中。冷战并不是一方行为引起的,而是双方之间的互动,形成了紧张局势交织叠加的局面。所以当我们问到"应该对今天的俄罗斯做什么"的时候,西方的政治决策者们应该重新审视自己的外交政策,并反思在柏林墙倒塌之后的所作所为。

1991年之后,西方的扩张战略——结果是德国的统一、北约和欧盟这种机构的东扩,以及苏联集团国家的民主化——在很多层面符合福山的"历史终结"理论。同样也实现了中欧、东欧和巴尔干国家很多自由民主主义者的梦想。然而,这一战略的弱点,在于这一欧洲—大西洋体系秩序并不能用于适应俄罗斯。事实上,像北约和欧盟这样的机构对于渴望加入的国家很有优势,以至于其不认为自己需要做出改变。相反,转型变革的压力在另一方:要想加入自由民主的阵营,就改革你们的政治和经济秩序,否则就待在外面。

当然,俄罗斯是大问题。很多分析人士也同意,即便俄罗斯进行了成功的转型,申请加入西方主导的机构,北约和欧盟也不可能在机制不做出重大改变的情况下,吸收这么大的一个国家加入——这将带来经济、社会、安全等方面的一系列问题。所以美国给予俄罗斯的,是前美国国务院官员塞缪尔·查拉普(Samuel Charap)和杰里米·夏皮罗(Jeremy Shapiro)所说的"没有成员资格的伙伴关系"。但是,尽管没有进行制度性的改变,欧盟和北约也在持续实施东扩。在莫斯科看来,欧盟和北约只是"继续遏制苏联/俄罗斯,只是换了新的、更为现代的方式"。[1]

当然,"如果不这样,会怎样"的假设性问题始

---

[1] Samuel Charap and Jeremy Shapiro, "How to Avoid a New Cold War," *Current History* (October 2014), pp. 265–271.

终很难回答。如果西方不向俄罗斯施加这么大的压力，会怎么样？眼下的现状会有所不同吗？历史学家们将如何评判西方的扩张战略？是认为这一战略刺激了普京对乌克兰的行动[1]，还是巩固后共产主义欧洲的民主成果，防止这些国家遭到俄罗斯进一步干涉的远见卓识？乌克兰人能通过什么样的方式，更好地解决他们独立以来即存在的一系列问题——比如说，是更亲近西方还是更亲近东方？如何解决境内说俄语的少数派问题？

与其说过去25年所发生的情况说明俄罗斯对西方及其价值观存在内生的敌意，倒不如用更加谦逊的方式重新审视西方自己的观点，并试着从俄罗斯的视角看世界。这样，普京在克里米亚的所作所为尽管不能完全被赦免或接受，但至少可以（部分地）被理解。我们可以意识到乌克兰这样的国家发生的"颜色革命"——西方国家为其提供了资金和组织支持，之后又欢呼这是民主的胜利——在莫斯科看来不仅仅伤害

---

[1] 对于这一观点的有力阐释，参见John Mearsheimer, "Why the Ukraine Crisis is the West's Fault: Liberal Delusions that Provoked Putin," *Foreign Affairs*, Vol. 93, No. 5 (2014)。

了俄罗斯的地区影响力，甚至类似事件同样可能在俄罗斯重复发生。[1] 我们也会得出这样的结论，即西方单方面的扩张，在俄罗斯的边境上建立西方据点，走得太远了。西方的傲慢，再加上俄罗斯的傲慢，是双方今天冰冷关系的中心问题。有了这种认识，我们可以对下一次危机做出更明确和更有效的回应——不是俄罗斯侵犯重要的国际规范和协议，或是陷入威权主义时直接予以制裁，而是保持沟通的大门敞开以维持更好的关系。这不是"冷战2.0"，而是对21世纪地缘政治的审慎管理。

西方重新审视自己的历史，并评估胜利主义的另一种方式，是在与俄罗斯竞争的新时代，好好看看自己的政治和经济模式是否健康。不管怎么说，乔治·凯南的"长电报"已经得出结论，应对苏联扩张的最好方式不是军事对抗，这样会造成很多额外风险，而是在国内建设有活力而团结的社会。他指出，苏联之于西方威胁的大小，并不在于其军事潜力，而是"俄国人发现自由民主社会所存在的诸多弱点"。美国及其

---

[1] Robert Kagan, "The End of the End of History," *The New Republic*, 23 April 2008.

盟友首先要做的，是"向自己最好的传统看齐"。[1]

冷战的结束并没有给美国带来无可匹敌的超级大国地位——尽管在20世纪90年代,世界处于所谓的"单极"世界。由于冒险的对外政策，以及国内政治经济的困难，美国也被削弱了。更广泛地说，在21世纪的第二个10年，西方的地缘政治影响力，以及其政治和经济模式，都受到传统的大国比如俄罗斯以及中国的挑战。西方必须重新保护自己，不是通过军事力量，而是通过重新培养其自由民主理想。

1　George F. Kennan, cited in Gaddis, *Strategies of Containment,* p. 35.

第五章 不平等的回归

我们对于冷战的回忆，主要是对外关系，或者说是外交政策方面——关于自由资本主义和共产主义之间大规模的全球竞争。但是，同样值得记住的是乔治·凯南——西方对苏联遏制政策的主要设计师——对于国内政策和美国民主状况给予了同样的关注。他写道，"当我们解决苏联共产主义问题的时候，遇到的最大危险，就是我们让自己更像那些我们要对付的人"。[1]

凯南最大的恐惧——美国变成专制主义国家——并没有消散。在凯南起草"长电报"70年后，我们有理由相信，他会对现在的美国政治状况——或者说对整个西方的民主现状——感到震惊。在美国，行政机构和立法机构之间的争斗已经到了前所未有的程度，联邦政府已经几乎不可能通过立法。民粹主义政治红得发紫，甚至2016年美国大选共和党初选都被一群号召"打倒华盛顿"的候选人把持。最令人担忧的是，历史上最为严重的经济不平等杀死了数百万美国公民的美国梦，并剥夺了年轻一代发挥其真正潜力的能力。事实上，每四个美国儿童中

---

1 George F. Kennan, "The Long Telegram," February 1946.

就有一个生活在贫困之中。[1]

在本书的最后一章中,我想把目光转向国内——远离战争、移民和地缘政治这样一些看起来很难处理的问题,来看看我们的国家、城市和社区里究竟发生了什么。在这里,我也会指出,历史正在回归——最为突出的是以极端不平等的形式。"历史的终结"理论的不足不仅仅在我们的国界之外,同样也在我们国界之内。相较于冷战结束时,自由民主本身并不是那么稳定,也不是那么令人敬佩。它能持续多久,似乎也不是那么让人有信心。

除了展示不平等如何回归之外,我还想强调不平等带来的腐蚀作用。正如著名经济学家约瑟夫·斯蒂格利茨(Joseph Stiglitz)和托马斯·皮凯蒂指出的,不平等不仅对经济发展不利——这是很多新自由主义的支持者不愿意承认的,同样也不利于社会凝聚力。[2]

---

[1] 这一数字基于美国统计局所做的调查,参见凯西研究所相关研究 http://carseyinstitute.unh.edu/publication/IB-Same-Day-Child-Poverty-2012

[2] Joseph E. Stiglitz, *The Price of Inequality: How Today's Divided Society Endangers Our Future* (W. W. Norton, 2012); and Thomas Piketty, *Capital in the Twenty-First Century,* translated by Arthur Goldhammer (Cambridge, MA: The Belknap Press of Harvard University Press, 2014).

我也会引用社会心理学家一些突破性的研究，指出不平等现象对于个人行为会产生深刻而不利的影响，而且会降低同情心和社会合作水平。

最后，我会指出，现在是重新挑战这一传播已久的神话的时候——关于不平等可以促进经济增长，或是巨额的财富和收入是"辛勤工作"的正当结果——并且要采取措施，更加认真地对付不平等对我们21世纪自由民主造成的威胁。要解决这些问题需要突破政治禁忌，比如再分配和增加税收。这也意味着我们每个人作为个体，必须更加积极地为维护我们的自由民主制度及其基本思想，特别是为公平的价值观而不懈奋斗。正如我在第一章中所说的那样，像"历史的终结"这样的宏大叙事，使我们对"我们的生活方式将不可避免地取得胜利"过度乐观。这也会让我们低估在这一过程中勇敢个体的作用，包括——潜在的——我们自己。

本书的绝大部分讲述的都是宏观层面——包括穿越国境的难民性质变迁、国际恐怖主义、大国之间的关系恶化。简而言之，关于正在发生什么，以及需要做什么，"都在那里"。但是在这里，我们正在见证历史的回归,西方国家内部贫富差距越来越大,这个故事也回到了凯南所指的——"我们自己社会的健康和活力"。[1]

经济不平等的轮廓

全球化带来的最大好处之一,就是促进经济增长,并在全球范围内减少贫困。布兰科·米拉诺维奇(Branko Milanovi),在十余年前曾担任世界银行的首席经济学家,就指出冷战结束之后,全球各国的平均收入已经开始趋同。根据他的数据,在 1988—2008 年,全球范围内的经济不平等自工业革命以来第一次出现了下降。这一趋势伴随着全球中产阶级的迅猛扩张——主要归功于中国中产阶级的增长,全球生活在每日收入 1.25 美元以下(世界银行定义的"绝对贫困"标准)的人口数量也大幅减少。[2]

这些数字毫无疑问是巨大的进步。但是米拉诺维

---

1 George F. Kennan, "The Long Telegram," February 1946.
2 Branko Milanović, *Global Inequality: A New Approach for the Age of Globalization* (Cambridge, MA: Harvard University Press, 2016).

奇也指出，全球化有赢家，也有输家。那些在经济金字塔顶端的人——所谓的全球1%——获益颇丰，在20年时间里，实际收入增长了60%。托马斯·皮凯蒂在其畅销书《21世纪资本论》(*Capital in the Twenty-First Century*)中写道，资本主义循环路径的宏大历史，从工业革命开始以来的严重经济不平等，到20世纪税收的增加和福利国家的崛起转换到经济相对平等，再到新千年的第二个十年，重新回到了19世纪的不平等水平。要理解这一循环，我们需要区分财富和收入之间的区别。

皮凯蒂提醒我们，国民财富（或者按他说的国民资本）是资产，即特定时间点（包括之前累计的财富）的特定国家居民和政府拥有的一切资本的总市值。另一方面，国民收入是流动的，即一定时期内生产和分配的商品数量，一般是一年。资本/收入比根据年收入流分摊。所以，举例来说，比例为6意味着国家资产相当于六年的国民收入。[1] 不管在哪个国家，这个比

---

[1] Thomas Piketty, *Capital in the Twenty-First Century,* translated by Arthur Goldhammer (Cambridge, MA: The Belknap Press of Harvard University Press, 2014), pp. 41–42.

例都在提高，让我们理解在不同历史时期积累财富的重要性——而非劳动者收入。

在第一次世界大战之前，财富大量集中在 1% 的人手中。特别是在英国和美国（世界最主要的民主国家）。当时，资本所有者投资回报率在 4%—5%，税赋很少，甚至几乎没有。他们也倾向于重新将大部分收入用于投资——除了一部分用于维持奢侈生活之外——这让他们保证了自己的私人财富增长速度快于国民经济。简而言之，资本收入比很高。

尽管有工会组织的发展和劳工工资的增长，这一制度一直在整个 20 世纪延续。更为根本性的变化发生在大萧条和第二次世界大战之后，基础设施建设（部分是因为战后重建）和有利的人口结构（高出生率，人口相对年轻化）结合在一起催生了更加雄心勃勃的计划用于实施收入再分配，使得资本/收入比例相对平缓。[1] 但是到了 80 年代初，随着美国总统罗纳德·里根和英国首相玛格丽特·撒切尔推出的自由市场和低

---

1 Thomas Piketty, *Capital in the Twenty-First Century,* translated by Arthur Goldhammer (Cambridge, MA: The Belknap Press of Harvard University Press, 2014), pp.35-36.

税收计划,资本收入比变得再度陡峭——顶部的1%和剩下人的差距越来越大。

80年代以来,西方发达国家的这一趋势尤为明显,其中也包括美国。这些国家内部经济不平等的变化,严重影响了自由民主制度的健康。

美国例外主义?

在20世纪80年代末写下《历史的终结》这篇文章的时候,福山赞美美国的平等主义,并将其描述为"无阶级社会的必须成就"。尽管他承认贫富差距可能存在,但不是因为任何基本的法律或社会安排。美国的"存在性不平等"[1]——根据瑞典社会学家约兰·瑟伯恩(Göran Therborn)的定义,即基于种族和性别,对于特定人的不平等——已经被消灭,主要通过制定进步主义法律,并赋予每个公民平等机会以实现其梦想。

然而今天,"世界自由民主俱乐部"的领袖,却同

---

1 Göran Therborn, *The Killing Fields of Inequality* (Cambridge, U.K.: Polity Press, 2013).

样也有最严重的收入不平等这一可疑的荣誉。2011年，纽约的金融区成为"占领华尔街"运动示威者的目标，他们抗议著名的比例"1∶99"。"占领华尔街"的口号"我们是99%"，直指前1%和剩下所有人的收入分配不平等——1%人的收入占全美国全部收入的20%。当我们考虑财富（以财产所有权为基础）而不是收入时，这一差距还会更大。2016年，最富有的1%人口拥有该国35%的财富——当我们加入房屋资产时，财富集中度还会进一步上升。

经济复苏带来的收益也对富人大大有利。2008年金融危机之后，2009—2012年90%的收入增长，被美国最富有的1%人口获得。[1]这一数字表明，那些导致大衰退的人（比如金融界人士）并没有真正承受衰退的后果。当资产价格下降，美国富人的财富暂时下降，但是很快便会反弹。然而，当房屋市场崩溃，很多普通美国人将输得倾家荡产。

很多人可能会思考这些数字，并猜测有什么新意。

---

[1] Joseph E. Stiglitz, *Rewriting the Rules of the American Economy: An Agenda for Growth and Shared Prosperity* (London, U.K.: W. W. Norton & Company, 2015).

第五章 不平等的回归

难道穷人——以及极端富人——不是一直存在于我们中间吗？但答案是：并不一定。像美国这样的自由民主国家的不平等回到了第一次世界大战期间的水平，在某些情况下甚至更差。为了理解21世纪不平等程度越来越严重，我们需要了解美国诺贝尔奖得主、经济学家约瑟夫·斯蒂格利茨定义的"平均数和中位数差距日益扩大"的情况——这也是大众以及典型个体或家庭中正在发生的情况。今天，按照通货膨胀调整的美国家庭收入中位数要比1989年的低。相比之下，最富有的1%家庭拥有美国典型家庭225倍的财富，这个数字比例是冷战结束之前的两倍。

即便在高收入的1%之中，也有很大的不同。美国人口最顶尖的0.1%，即所谓的超级富豪，占据了全国总收入的11%——这是30年前的三到四倍。[1] 美国经济体系中的上层，也更类似其他国家的超级富豪与普通人的关系。加拿大的国际贸易部部长，曾经当过记者的克里斯蒂亚·弗里兰（Chrystia Freeland）用"财

---

[1] Facundo Alvaredo, Anthony B. Atkinson, Thomas Piketty, Emmanuel Saez, and Gabriel Zucman, *The World Wealth and Income Database.* 参见 http://www.wid.world/

阀"(plutocrat)一词来形容这些全球经济圈的顶层富豪,他们成天乘坐喷气式飞机飞来飞去,开始建立"属于富人的王国"。这一超级精英圈子中的大多数人,都是勤奋和接受过高等教育的顶尖人才,他们认为自己是世界经济激烈竞争的获胜者。弗里兰指出,这导致的结果是,他们对那些没有取得成功的人,以及对新的经济再分配形式并没有什么兴趣。[1]

有意思的是,在前 1% 的人财富水平日益提高的同时,尽管零售业和金融机构希望通过财阀的崛起获得更多的利益,但工人阶级失业的情况却明显增多,生活标准也在下降。从 80 年代末开始,普通美国人的收入停滞甚至下降——即经常所说的中产阶级的"萎缩",而富人、超级富人的收入却在猛增。这种趋势也对里根时代流行的"垂滴经济学"(trickle-down economics)造成严重打击,这一理论是当富人收入增加时,其他人也会从中受益。在今天的美国,这一过程反倒是这样的:顶尖 1% 的人收入增长,剩下的 99% 的人收入受损。

---

[1] Chrystia Freeland, *Plutocrats: The Rise of the New Global Super- Rich and the Fall of Everyone Else* (New York: Penguin, 2012).

第五章 不平等的回归

这种日益加剧的不平等现象，在全球各地都有不同程度的重现。国家内部不平等的主要指标被称为基尼系数（the Gini coefficient），这一系数衡量经济体内个人（或家庭）收入分配偏离完全平等的程度。完全平等为 0，最大限度的不平等为 1。在 21 个经合组织国家中，除了 5 个国家外，其余的不平等程度都有上升。[1] 处于转型期的发展中国家的情况更令人担忧：中国的基尼系数，在 80 年代为 0.3，现在是 0.49——比美国还要高。世界银行认为，如果基尼系数超过 0.4，即为严重的不平等现象。

加拿大的趋势可能不如中国或者美国这样明显，但同样令人担忧。尽管在 80 年代和 90 年代初，政府的再分配政策大大减少了收入差距，但从 90 年代中期开始，不平等现象一直在上升。加拿大公共政策学者基思·班廷（Keith Banting）和约翰·迈尔斯（John Myles）将这一趋势称为"再分配的褪色"。[2] 而在经合组织国家中，加拿大这一趋势最为明显。在过去的 30 年中，加拿大

---

[1] OECD, *Focus on Inequality and Growth,* December 2014.

[2] Keith Banting and John Myles, eds., *Inequality and the Fading of Redistributive Politics* (Vancouver, B.C.: University of British Columbia Press, 2013).

收入最高的1%获得了该国总收入增长的37%。他们在国民总收入中所占的比例，也从80年代的约7%增加到2008年金融危机之前的12%（自衰退以来，这一数字下降到10%）。最终，在金融以及高管等行业中，最高收入者的收入增长幅度全部大大增加。这种增长并不能完全反映竞争性的技术市场，因此证实了一些经济学家的观点，即前1%的高收入具有"抽租"功能。[1]

不平等同样也有本土维度。多伦多已经变成了加拿大的不平等之都，贫富差距增速是全国速度的两倍——1980—2005年间增长了31%。为了服务这座城市中的大量高收入人群，多伦多聚集了一大批低端劳动力人口，构成了当代的"唐顿庄园"（Downton Abbey）。[2]多伦多大学住房和社会工作教授戴维·胡尔昌斯基（David Hulchanski）撰写了名为《多伦多内的三座城市》（*The Three Cities Within Toronto*）[3]的研究，追踪了中等

---

[1] Thomas Lemieux and W. Craig Riddell, "Who are Canada's Top 1%?" *Institute for Research on Public Policy,* 9 July 2015. 参见 http://irpp.org/research-studies/aots5-riddell-lemieux/?mc_cid=98dd3664a8&mc_eid=6e34c36680

[2] https://www.thestar.com/news/gta/2015/02/27/toronto-nowcanadas-inequality-capital-united-way-study-shows.html

[3] 参见http://3cities.neighbourhoodchange.ca

收入社区的消失,以及一个由贫困郊区围绕的财富岛逐渐形成的过程。胡尔昌斯基说:"我们正在建立两种极端的生活方式,而不是和谐地生活在一起,相互尊重。一种生活方式是挣扎在温饱线上,另一种生活方式是生活中充满了各种选项。在平等这个问题上,没有任何一个国家是完美的,但我们却正走在相反的方向上。"

加拿大基尼系数出现上升趋势有多种原因:一些是因为通过自由贸易实现去工业化的长期过程,另一些是针对社会顶级收入者的减税等一系列公共政策,还有的是因为对于劳动力市场的低工资管制越来越松,还有人通过削减社会开支和社会项目转移,以及企业利润"外包"来避免加拿大的税收。但不管驱动力是什么,结果都是一样的:加拿大也没能避免不平等的回归。

镀金时代:今天的传说?

但是更令人震惊的,是今天不平等现象的根源和性质,特别是破坏作为自由民主国家基础的精英价值观。皮凯蒂认为,高资本/收入比所导致继承和积累的财富,在很大程度上决定了个人福祉。这就是为什么那么多19世纪的小说,比如夏洛特·勃朗特的《简·爱》,都是关于通过结婚积累财富。还有的19世纪小说,是关于穷人如何通过奋斗争取地位上升,比如马克·吐温(Mark Twain)和查理·杜德利·华纳(Charlie Dudley Warner)笔下的《镀金时代》(The Gilded Age),讲述了一个田纳西家族的徒劳努力——由长老塞·霍金斯(Si Hawkins)领导,出售7.5万英亩的土地以加入富裕家庭的行列。

这一关于财富欲望讽刺性的故事标题,来自莎士比亚的戏剧《约翰王》(King John)。其中,索尔斯伯里伯爵嘲笑镀金——将金子置于金子之上——不仅浪费,而且放纵。因此,"镀金时代"就成为从19世纪中期到20世纪早期这个历史阶段的隐喻,当时美国、英国、法国和俄罗斯都见证了物质上的过剩和极端贫困的相互结合。一方面,这一时期出现了异国时尚和高级定制,一些著名餐馆,比如马克西姆(Maxim),以及宏大的维多利亚式建筑;另一方面,它也见证了城市贫民窟,以及"穷人法"(Poor Laws)的通过:这一法律旨在限制可以申请经济救济的人数。在本杰明·迪斯雷利(Benjamin Disraeli)1845年的小说《西比尔》(Sybil)中,

第五章 不平等的回归

主角沃尔特·杰拉德（Walter Gerard）——一个工人阶级激进分子——感叹英国的富人和穷人生活在"两个世界……相互之间没有交往，没有同情；双方对彼此的习惯、想法和感受都一无所知，好像他们是不同地区的居民，甚至是来自不同行星的居民"。[1]

再把我们的目光转回到现在这个时代，今天研究不平等的经济学家们同样提醒关于我们这个时代的黑暗面。皮凯蒂认为，当代的贫富差距不断扩大，主要是因为资产所有权不平等导致的。这与第一次世界大战期间，财富集中在少数富裕家庭手中一样。他的中心观点是，在一个经济体中，资本（资产）的回报率大于收入产出的增长率——这一现象在19世纪发生过，同样也是今天的情况，继承财富的重要性不断增强，以及资本主义"自动产生任意的和不可持续的不平等"。[2]

更令人担心的，则是在今天的美国，收入前1%的富人拥有大量的资本，也有高薪工作。姑且认为这是另

---

[1] Benjamin Disraeli, *Sybil: or the Two Nations*, Oxford World Classics, paperback edition (Oxford: Oxford University Press, 1998), p. 66.

[2] Thomas Piketty, *Capital in the Twenty-First Century*, translated by Arthur Goldhammer (Cambridge, MA: The Belknap Press of Harvard University Press, 2014), p. 8.

一种版本的"美国例外主义"。但不管怎么说,总的结论仍然是一样的:一个人变得富有不是通过一生的辛勤工作——就像美国梦说的那样,而是通过他们继承的资本。美国经济学家、《纽约时报》专栏作家保罗·克鲁格曼(Paul Krugman)总结道:"有个好父母(或者嫁个好人家),比有个好工作更重要。"[1]

通过呈现这些残酷的事实,当代的经济学家们打破了禁忌,更愿意公开地谈论不平等。他们也利用了很多现代西方自由主义经济体在20世纪发展中所总结出的智慧。其中一个例子,就是所谓的库兹涅茨曲线(Kuznets curve),这一曲线以战后美国著名经济学家西蒙·库兹涅茨(Simon Kuznets)的名字命名。他在20世纪50年代指出,随着社会经历工业化,在经济上将变得越来越不平等——特别是劳动力从农业转向工业,但是随着经济的增长,不平等情况会有所下降。简而言之,不平等的发展将遵循钟形曲线。通过受过良好教育和熟练的劳动力增加,以及更为广泛的社会

---

[1] Paul Krugman, "Why We're In A New Gilded Age," *New York Review of Books*, 8 May 2014. 参见http://www.nybooks.com/articles/2014/05/08/thomas-piketty-new-gilded-age/

第五章 不平等的回归

转移,更富裕的国家会变得更为平等。

相反的是,皮凯蒂指出,1945年之后数十年发生的,并不是一个进步主义的故事。尽管这一幕可能在世界的其他地方重演,那也只是历史上的昙花一现。由灾难,比如战争、干旱和经济衰退等所引发的特定历史条件,导致了20世纪不平等现象的减缓。但是现在,这一趋势已经逆转。皮凯蒂预测,未来西方经济发达国家将成为低增长、严重不平等和低社会流动性的资本主义国家。一旦发展中国家的工业化进程放缓,这一幕也同样会出现在发展中国家。

其他经济学家的观点倒没有这么肯定。比如,布兰科·米兰诺维奇采用了更长时间的历史研究框架——甚至可以追溯至拜占庭时代,并考虑了几个世纪以来不平等的潮流和社会流动。他使用了"库兹涅茨波浪"(Kuznets waves)的概念——国家内部不平等增长和下降的循环——而非库兹涅茨曲线的明确逆转。[1] 尽管如此,他对西方政府的预测也相当悲观:严重不平等加剧将创造出一个全球超级精英阶层,最终将迫使我们修改

---

[1] Branko Milanović, *Global Inequality: A New Approach for the Age of Globalization* (Cambridge, MA: Harvard University Press, 2016).

关于"什么是公平正义"的集体观念。

不平等对于自由民主的挑战

冷战结束之后,经济增长似乎是全球化扩散的必然产物。在西方社会内部,社会民主政党的关注重点——比如英国的新工党(New Labour)和加拿大的新民主党(New Democratic Party)——已经转向减贫脱困,而非应对更为广泛和更深层次的经济不平等。正如英国前工党政治家彼得·曼德尔森(Peter Mandelson)在1998年所说的著名言论:"只要那些肮脏的富人交税,他的政党就会对他们特别好。"[1] 这些税收可以使生活在贫困线下的穷人生活达到一定的水平,并改进和进一步发展社会服务。在基本需求得到满足的情况下,随着经济的发展无论发生什么事情,都被认为是可以接受的。

然而,人们的相对经济地位,而不仅仅是绝对的经济福利水平,对于维护自由民主制度的健康程度至

---

1 Christian Schweiger, *The EU and the Global Financial Crisis: New Varieties of Capitalism* (Cheltenham, U.K.: Edward Elgar Publishing, 2014), p. 96.

关重要。这也同样基于很多原因，简而言之，经济不平等——特别是在今天这样史无前例的严重不平等的情况下——不能简单地被看作资本主义的一部分。

第一个，也是最根本的原因，就是不平等现象已经被证明对经济有害。在其著作《巨大的鸿沟》(*The Great Divide*)中，斯蒂格利茨就揭示了不平等现象增加是经济发展获得成功的必然结果。如果顶尖1%的人口掠夺了所有的收入增长，那么中产阶级就太过弱小，无法创造在历史上推动经济增长的消费支出。其结果是，大多数人最终要依靠借贷——通常借贷规模超出其偿还能力，这也使经济波动加大，更容易遭受冲击。[1]在2008年金融危机之前——现在还有很多人梦想回到这个阶段——经济就已经摇摇欲坠，内部出现腐烂：金融泡沫和不可持续的过度消费。斯蒂格利茨写道，"仅仅依靠生命维持设备维系"。[2]

国际基金组织也警告不平等所带来的负面经济效

---

[1] Joseph E. Stiglitz, *The Great Divide* (London, U.K.: Allen Lane, 2015).

[2] Joseph E. Stiglitz and Linda J. Bilmes, "The Book of Jobs," *Vanity Fair*, 6 December 2011. 参见http://www.vanityfair.com/news/2012/01/stiglitz-depression-201201

应，特别是在效率和稳定方面。国际基金组织的研究还表明，经济不平等程度较高的国家，往往增长率较低、不稳定性较高[1]——这也挑战了我们经常听到的观点，即争取更为平等的环境最终将伤害经济发展。这些研究结果，为国内生产总值（GDP）之外的经济增长和福利指标提出了替代方案。举例来说，经合组织发起了"好生活计划"（the Better Life Initiative），目的是采取多维度的经济发展和社会进步方式，包括个人和家庭的多样化经验和生活条件。其研究发现，经合组织国家中人均国民生产总值较高的国家，在家庭收入方面表现相对较好，但在就业保障、住房负担能力和工作生活平衡等方面都有很大的差异。[2] 公共卫生研究人员理查德·威尔金森（Richard Wilkinson）和凯特·皮克特（Kate Pickett）也认为，有必要通过

---

[1] 举例来说，参见Andrew Berg and Jonathan Ostry, "Inequality and Unsustainable Growth: Two Sides of the Same Coin?" International Monetary Fund Staff Discussion Note No. 11/08, April 2011; and International Monetary Fund, "Fiscal Policy and Income Inequality," Policy Paper, 23 January 2014. 参见http://www.imf.org/external/np/pp/eng/2014/012314.pdf

[2] OECD, "How's Life," 23 October 2015. 参见http://www.oecd.org/std/how-s-life-23089679.htm

更广泛的措施来评估社会成功与否,而不仅仅是通过经济方式。在他们的畅销书《公平之怒》(*The Spirit Level*)中指出,社会中最严重的疾病——包括精神疾病、吸毒、肥胖、社会生活丧失、监禁和儿童福利低下——随着社会中的经济不平等的增加,都在明显上升。因此,不平等的影响并不局限于穷人,而是会损害整个社会结构。[1]

经济不平等所带来的第二个有害影响是它会很快转变为机会不平等。这一结果与美国"所有人都可以在美国成功"的信条背道而驰。最高收入阶层的人可以为子女购买特权,特别是在教育领域,甚至可以直接获得某些工作和机会。他们也不太需要公共基础设施——包括公共交通。这样的倾向,会对不平等社会中投资向公共产品倾斜造成影响。

这些影响削弱了福山对于"无阶级社会"的描述,同样也提出了关于专门解决种族间或性别之间"存在性不平等"的问题。自由民主社会的公民通过诉诸法律,赢得了对抗存在性不平等的重要战役。这些胜利

---

1 Richard Wilkinson and Kate Pickett, *The Spirit Level: Why More Equal Societies Almost Always Do Better* (London: Allen Lane, 2009).

值得被庆祝，但是仅凭借这方面的胜利还不足以减轻社会不平等。正如米兰诺维奇指出的，法律平等使每个人都在同一起跑线上，"不用担心有人开着法拉利、有人骑着自行车的问题"。[1] 为了解决社会流动性中存在的实际障碍，取得更好的社会发展效果，我们还需要注意收入和财富的不平等。

如果我们接受了斯蒂格利茨的说法——收入位于顶尖 1% 的人因其对社会繁荣做出的贡献就不必"公平对待"的话，这种对机会平等的侵蚀会更让人担心。这也是他的论点直击重点的地方：不平等最大的辩护方之一——或许也是不平等最后的堡垒——就是捍卫所获得的财富。那些能赚更多钱的人要么工作更加勤奋，要么拥有特殊天赋，要么敢于承担非同一般的风险。但是，在今天这样一个经济愈发不平等的世界里，这样的理由却很难站得住脚。

尽管有一些例外——比如微软创始人比尔·盖茨，处于顶尖阶层的人通常不为社会谋福利。他们也不创造工作岗位。相反，顶尖 1% 收入中的绝大多数人，

---

[1] Branko Milanović, *Global Inequality: A New Approach for the Age of Globalization* (Cambridge, MA: Harvard University Press, 2016).

第五章 不平等的回归

追求经济学家所说的"寻租"——从现有财富中获取更多利益,而非创造新的财富。也有很多人从关系中获取财富——不管是家庭关系还是政治关系。斯蒂格利茨也指出,他们"总是想从国家的蛋糕中分得更大的份额,而不是去做大蛋糕"。[1] 这些高收入者在金融企业中的数量多得不成比例,一些人通过非法借贷和市场操纵牟利,直接导致了 2008 年的大衰退。

关于不平等的另一个担忧,也是长期困扰政治理论家的,是其将经济优势转化为政治权力的潜力。这一动能侵蚀了自由民主制度的基本前提:每个公民在为其社会制定法律和公共政策的过程中应有平等的话语权。长期以来,人们一直怀疑财富如何换来政治影响力,美国政治学家马丁·吉伦斯(Martin Gilens)也搜集了很多证据来说明这一点。通过研究在美国提出的数以万计的政策变迁,他指出,那些受到富人青睐的公共政策——例如某些特定形式的税收政策,比那些受到底层或中产阶级青睐的政策更有可能被政治代理人提出(比如,参议员和众

---

[1] Joseph E. Stiglitz, *The Price of Inequality: How Today's Divided Society Endangers Our Future* (W. W. Norton, 2012), p. 384.

议员)。此外,今天各个阶级之间影响力的差异,已经比10年前的更为明显。正如斯蒂格利茨令人印象深刻的论述,今天的美国政治已经不再是"一人一票",而是变得越来越"一美元一票"。

一个反馈循环由此建立:经济不平等转化为政治不平等,政治不平等造成进一步的政治和经济分野。这也是为什么越来越多的评论家开始将美国描述为"财阀专制"——一个富人统治的国家,而非民主国家。[1] 即便这些担任公职的人不是都处于财富的顶峰(尽管其中很多人是),美国的富人对于谁来执政、采取什么样的行动还是有着不成比例的影响力。近年来,美国通过了不少有利于大企业和美国富人的立法和政策举措,其中包括削弱对金融活动的监管(90年代在克林顿政府时期就开始了),环境保护署在商业压力之下的逆转判决,更多容忍企业隐瞒"离岸利润"——正如所谓的"巴拿马文件"(Panama Papers)中披露的那样——以及国税

---

[1] 举例来说,参见Tom Englehardt, "5 Signs America is Devolving into a Plutocracy," *Salon*, 22 March 2015. 参见http://www.salon.com/2015/03/22/5_signs_america_is_devolving_into_a_plutocracy_partner/

局对高收入美国人在税法方面的"宽松解释"。[1]

美国富人与对富人有利的特定政策之间的紧密联系是由很多因素造成的,比如特定的政党结构、竞选筹资法,等等。吉伦斯认为,从广义上看,由于缺乏真正的政治竞争,以及狭隘的思想趋于一致,这些正在破坏美国的代议制民主。这在世界其他地方同样有可能出现。[2]

政治意愿缺失

在《默许时代》(*The Age of Acquiescence*)里,美国劳工历史学家史蒂夫·弗雷泽(Steve Fraser)感叹,美国人无法想象一个比掠夺型资本主义制度更好的社会制度。19世纪中叶和20世纪初,是对美国社会和经济特权愤怒和抗议的时代,特别是针对那些通过压迫劳工集聚大量财富的"强盗型资本家"。这些

---

[1] Michael Brenner, "Plutocracy in America," *Huffington Post*, 1 April 2013. 参见http://www.huffingtonpost.com/michaelbrenner/plutocracy-in-america_b_2992965.html

[2] Martin Gilens, *Affluence and Influence: Economic Inequality and Political Power in America* (Princeton, NJ: Princeton University Press, 2014).

例子包括1874年的"面包或血"抗议活动("bread or blood" protest),失业的妇女携其子女在纽约市政厅游行,以及1877年西弗吉尼亚开始的铁路罢工。铁路工人聚集抗议削减工资,并升级成为美国历史上第一次全国性的罢工事件。这些民众动员事件促进了一系列进步主义的改变,包括通过反托拉斯法、贸易联盟主义者运动以及八小时工作制的建立。[1]

相比之下,今天的经济不平等同样严重,但几乎没有受到大众的挑战。尽管"占领华尔街"运动在2011年年底的最后几个月占据了报纸头条,但由于其成员在具体政治议程上缺乏协调,不愿意与现有政治机构进行接触——哪怕是最轻微的,这一运动最终陷入僵局。21世纪的美国人——其他自由民主国家的公民可能也是同样观点——总体上认为自己所生活的社会制度是永久的;他们的精力主要集中在私人消费主义的乐趣上,而非扶持公共利益,或是与其他人分享政治和经济利益。福山担心,历史的结束将培育消费主义文化,揭露"自由主义核心的空虚",这一情况

---

[1] Steve Fraser, *The Age of Acquiescence: The Life and Death of American Resistance to Organized Wealth and Power* (New York: Little, Brown, 2015).

第五章 不平等的回归

似乎已经出现了。

因此,任何一个敢于质疑自由市场资本主义过度的政治人物都被描述为,往好了说,是边缘人,往坏了说,则是国家安全和繁荣的敌人。对左派政治家、英国工党领导人杰里米·科尔宾(Jeremy Corbyn)的反应,就是这一叙述的典型案例。2015年秋天,科尔宾出人意料地在工党领袖选举中获得超过60%的党员支持,大获全胜——这一得票率甚至超过托尼·布莱尔在1994年的得票率。事实上,科尔宾比2005年戴维·卡梅伦当选英国保守党主席时获得的票数,还要多出10万。然而,在选票结果出炉之前,就有一大堆人跳出来批评科尔宾的政治观点——其中批评最猛烈的,反而是工党议员。很多人还宣布不会在其"影子内阁"中任职。科尔宾对于不平等进行猛烈批评,并指责执政党的紧缩经济政策,使他看起来很不可信,似乎也无法通过选举上台——这个经济恐龙已经踏出了可接受意见的范畴。他同样支持国有化铁路,对英国参与伊拉克战争表示道歉,并呼吁在英国这样一个前1000个最富有的人在短短八年之间(2009—2016年)财富翻番,但由于租金加速上升,食品商店被迫频繁搬迁的国家里，实施更为进步主义的税收机制。

媒体监督机构发现，大部分英国媒体在科尔宾获胜之后，都系统性地对其实施诋毁。[1] 记者们指责他"不遵守比赛规则"，没有认识到民众的实际需求。用一个专栏作家的话说，科尔宾是在"纯粹和权力"间做出选择。[2] 即便是英国广播公司，其对于政治家的评价在英国媒体中具有风向标意义，似乎也对科尔宾的胜利感到疑惑。由于多年来一直支持"新工党"政策，英国广播公司最引以为豪的中立性已经略向右转，这也导致其政治观点的范围更为狭窄。《伦敦书评》（*London Review of Books*）编辑保罗·迈尔斯克夫（Paul Myerscough）以体育为例，对这一现象做了精辟总结，"自从标榜自己反对体制开始，科尔宾就变成'局外人'，一个叛乱分子，他可以被英国广播公司'公平'地评论，正如英格兰在世界杯上的对手被第五广播频

---

[1] Media Reform Coalition, "The Media's Attack on Corbyn," 26 November 2015. 参见http://www.mediareform.org.uk/press-ethics-and-regulation/the-medias-attack-on-corbynresearch-shows-barrage-of-negative-coverage

[2] Martin Kettle, "For Labour the Choice Is Stark: Purity or Power," *Guardian*, 25 June 2015.

道（英国广播公司体育频道）'公平'报道那样"。[1]

对伯尼·桑德斯（Bernie Sanders）坚持参加2016年美国大选民主党初选的反应，也表明近年来主流政治共识的指标是如何一步步缩小。桑德斯——来自佛蒙特州的左翼参议员——将自己描述为典型的"局外人"，以经济差距已经将美国带入崩溃的临界点为口号，对抗民主党建制派候选人希拉里·克林顿。桑德斯提出什么方案以解决这种经济差距呢？将最低工资提高到每小时15美元，扩大社保福利，更加进步主义的税收制度，单人承担的医保体系，公立大学免费教育。这些议题，曾经都是美国主流政治经常辩论的议题。但是罗纳德·里根在80年代中期中止进步主义税收，并冻结最低工资之后——这一政策无论是克林顿还是奥巴马政府都没有真正推翻，桑德斯的政策纲领在民主党的中间派看来，只不过是一个狂热的社会主义者的狂想。

但不管怎么说，民主党还是接纳了桑德斯的部分意见。佛蒙特州参议员对不平等的抗争，吸引了一大群选民，特别是很多年轻美国人，他们中的很多人，

---

[1] Paul Myerscough, "Corbyn in the Media," *London Review of Books*, Vol. 37, No. 2 (October 2015), pp. 8–9.

正在经历着相较于生活较好的婴儿潮一代的不平等。对于这些新选民来说,桑德斯愿意挑战里根开创的经济结构框架,是他最有力的卖点。

这也提出了一个更为广泛的政治观点:我们今天看到的经济不平等是被强加的,其实是经济力量所带来的必要产物。这是有意识的政策选择的结果。这也是皮凯蒂、斯蒂格利茨和米兰诺维奇等顶尖的经济学家,最希望我们从他们关于经济不平等呕心沥血的研究中所汲取的——即我们拥有扭转这一负面循环的力量。斯蒂格利茨问,既然经济学的规律如此普遍,那么为什么不平等并没有在世界上所有的地方都上升到这样令人震惊的高度?在发达国家,挪威和法国似乎没有出现这样极端的变化,而在拉丁美洲,很多国家实际上减少了经济不平等。[1] 我们独特的经济、法律和社会框架创造并维持着不平等——无论是在教育、税收、公司治理,还是在反托拉斯和破产法方面。

这些决策正在破坏当代自由民主的基础,并损害了激发民主制度早期成就的平等主义。托马斯·雷恩

---

1 Joseph E. Stiglitz, *The Price of Inequality: How Today's Divided Society Endangers Our Future* (W. W. Norton, 2012).

第五章 不平等的回归

巴勒（Thomas Rainsborough），在与奥利弗·克伦威尔（Oliver Cromwell）1647年就如何构成英国宪法所举行的著名的"帕特尼辩论"（Putney Debates）期间，对平等政治参与的民主价值进行了有力的论述。克伦威尔认为，大众普选将导致无政府状态，并认为投票权必须限于财产所有者。但雷恩巴勒反对富人统治，并为"一人一票"的原则做出辩护："我认为即便是英格兰最贫穷的人也有活出最伟大生活的权利。因此，先生，我真心认为在一个政府统治之下生活的每一个人，首先需要自己同意生活在这个政府统治之下。"[1]

在今天的许多自由民主国家之中，似乎取代富人所青睐的财阀统治制度的替代品，是愤怒的民粹主义，这也反映了中产阶级日益增强的沮丧情绪。如果机会平等遭到破坏，优秀的人不再能取得进步，政治影响力向富裕阶层倾斜，那些优秀的人不再一定是社会的净贡献者，那么公民就会开始与这样的政治和经济制度疏远。唐纳德·特朗普的政治崛起，就从这种失望情绪中受益颇丰。更具体地说，

---

[1] Thomas Rainsborough, "The Putney Debates: The Debate on the Franchise (1647)," in *Divine Right and Democracy*, ed. David Wooton (Harmondsworth: Penguin, 1986), pp. 285–317.

特朗普的主要敌人,是摧毁美国中产阶级工作和生活的全球化。在特朗普的世界观中,类似中国这样发展中国家中的贫困人口财富增长,与美国工人阶级的利益被政治家边缘化,两者之间的相互关系仅仅是零和博弈。特朗普的天才之处,在于他同情那些经历收入停滞不前、梦想破灭的普通人——考虑到特朗普自己天文数字般的财富,这些观点听起来很讽刺。作为回应,他承诺与美国的经济对手达成"更好的协议",以扭转全球化趋势,重新实施关税和更严格的移民法规,以保护就业机会。他向支持者提供的,并不是真正的经济解决方案,而只是取消他所认为的导致国家衰落的政策决定的消极承诺。

但是,这一政治议程却让位给另一种非建设性的政治极化——即在世界上的穷人和发达国家的中产阶级之间。[1] 对于美国顶尖收入 1% 的人来说,对于这些也仅仅是随便关注,毕竟他们积累和获取财富的能力并不会受到影响。对付这些不高兴的国内选民,而不是干预那些遥远国家的事务,并不能解决政治精英的政策重点与更广泛的利益攸关方利益无法达成一致的

---

[1] Marshall Steinbaum, "Should the Middle Class Fear the World's Poor?" *Boston Review*, 11 May 2016.

第五章 不平等的回归

问题。

在未来的很多年,政治科学家和评论家们将会持续分析导致特朗普政治胜利的长期和短期原因。然而,这些分析的一个共同观点已经出现:他的民粹主义的成功,取决于他能够利用几十年积累起来的怨恨和恐惧的能力,而常规政治已经被证明是无法理解这些怨恨和恐惧的,更不用说去解决。数以百万计的美国人正在经历行为经济学家所说的"失落厌恶"阶段,即对损失一定价值的担心,超过他们获得同样价值的收益的欣喜。经济学家指出,这一厌恶的根源,来自损失所带来的强烈心理痛苦。[1]特朗普利用了这种对(进一步)损失的恐惧,并将其上升到引发争端和冲突的层面——区分穆斯林和非穆斯林,区分普通民众和"非法"移民,以此进一步削弱社会凝聚力。但是,早在特朗普走到政治聚光灯下之前,他用以实施对抗政治的素材早就在那里了。

---

[1] 关于这种畏惧损失心态的解释,参见 Daniel Kahneman and Amos Tversky, "Prospect Theory: An Analysis of Decision Under Risk," *Econometrica,* Vol. 47 (1979), pp. 263–291。

历史回归？这次有所不同

对于这些令人警惕的情况，一个普遍的反应是"这以前也发生过"。这些挑战中，一些是来自经济方面，比如20世纪30年代的大萧条以及70年代的石油危机和高通胀。还有一些是政治方面的，不管是意识形态的对抗——比如两次世界大战期间法西斯主义对共产主义，还是民主制度内部的危机——比如70年代的水门丑闻。在这每一个关键时刻，评价家们关注的都是民主失败的前景，聚焦民主的弱点而非其优势。正如英国小说家和历史学家H.G. 威尔斯（H. G. Wells）在1933年预测的，当法西斯独裁统治崛起的时候，民主将很快被抛弃，因为"对于继续解决的政治和社会问题而言，民主已经过时了，只会带来毁灭和死亡"。[1]

英国政治科学家戴维·朗西曼（David Runciman）认为，对于危机和失败的关注，是自由民主制度得以进步的一个关键因素。他指出，民主制度一直"向前迈进"，

---

1 H. G. Wells, *The Shape of Things to Come* (London, U.K.: Penguin Classics, 2005), Chapter 14.

并伴随着"持续不断的智力焦虑"。[1] 回想起来,这种焦虑似乎也是错位的:自由民主制度也被证明有从危机中恢复的能力——即便是经历类似战争和经济衰退这样的大危机。朗西曼说:"成功与失败携手并进,这就是民主的条件。"随着时间的推移,使自由民主制度运转的其他因素——它的灵活性和反应能力——也会偶尔出错。但好消息是,民主制度有自我纠错的能力。专制社会缺乏制衡机制,统治者很容易一头栽进灾难之中。相反,民主制度则有政治和宪法保护,可以阻止自己"摔落悬崖"。[2]

尽管朗西曼认为民主有确保长盛不衰的隐藏能力,但他同时也指出连带风险:自满和过度自信。如果所有的警报都同时响起,我们会将其屏蔽。如果不能从危机中吸取教训,变得更加有远见卓识,自由民主制度会不停地犯同样的错误。朗西曼写道:"民主已经获胜了,但是还没有长大。"自由民主制度从历史中学到的唯一教训,似乎是没有什么危机是真正严

---

[1] David Runciman, "The Confidence Trap," *Foreign Policy*, 17 October 2013. 参见http://foreignpolicy.com/2013/10/17/the-confidence-trap/。演讲全文参见*The Confidence Trap: A History of Democracy in Crisis from World War I to the Present*。
[2] 同上。

重的。每当民主制度到达危机边缘,最终都能恢复理智,并重新回到正确的轨道上。但是这一动态过程也可能滋生鲁莽情绪,并将民主变成危险的比胆游戏:"当事情变得非常糟糕时,我们会调整。如果不是真的糟糕,我们不需要调整,因为民主制度自身最终可以做出调整适应。两边都在玩这样的游戏。比胆游戏没有问题,但一旦走错,就会引发致命危害。"[1]

我们不禁提出这样的问题:这一次会不一样吗?我们今天遇到的,到底是真正的麻烦,还是自由民主制度遇到的另一个挑战时刻,并且——最终——可以被克服?福山仍然是一个乐观主义者。但是,尽管福山指出了自由民主制度的可能漏洞,即自由民主制度还是变成了既得利益政治精英的人质(特别是在美国),但福山还是没有找到可以替代的政治制度。他看到的仍然是更显著的、更为积极的趋势——比如自1970年以来,民主国家的数量已经增长了三倍。

就我个人而言,倒不会对自由民主制度的前途杞

---

[1] David Runciman, "The Confidence Trap," *Foreign Policy*, 17 October 2013. 参见http://foreignpolicy.com/2013/10/17/the-confidence-trap/。演讲全文参见*The Confidence Trap: A History of Democracy in Crisis from World War I to the Present*。

第五章 不平等的回归

人忧天。只有历史,才能证明我是对是错。在过去,自由民主制度似乎已经被证明擅长应对危机。但是,正如朗西曼提醒我们的,自由民主制度并不能特别清醒地认识到或者避免某种危机——尽管已经有了充分的警示。这是因为民主政治中的"表面噪音",常常使他们很难看到真正的转折点或者关键节点。[1]

更重要的是,随着我们距离自由民主的起源越来越远,我们的注意力也更多被这样的负面论调所驱动:至少我们的政治制度允许我们赶走这些坏蛋(每隔四到五年)。丘吉尔曾经这样嘲讽道:"民主是最坏的政治制度,除了那些我们在历史上已经反复尝试过的制度之外。"[2]

但是,自由民主制度积极的一面怎么样了?那些增强自由民主能力,带来尊严、能力和建立集体认同的声音又去哪了呢?越来越严重的不平等,让越来越多的人忘了民主最为积极,也是最基础的价值观——首先就是公正的价值。

---

[1] David Runciman, *The Confidence Trap: A History of Democracy in Crisis from World War I to the Present* (Princeton, NJ: Princeton University Press, 2013), p. 29.

[2] *Churchill By Himself: The Definitive Collection of Quotations,* Richard Langworth, ed. (New York: Public Affairs, 2008), p. 574.

公正和自由民主

使今天许多自由民主国家社会团结崩溃的事件,很多发生在更加微观和私人的层面。这是因为经济不平等可以改变人的期望和行为。我们知道,那些规模较小的事件不仅会挫伤普通人的积极性,更糟糕的是会滋生痛苦,并可能演变为革命或暴力行为。

对于社会中的上层而言,不平等往往变成了一种享有特权的感觉,然后会转化为进一步破坏社会信任和共同目的的行为。在过去的 10 年中,行为心理学家对不平等如何改变思想进行了开创性的研究。换而言之,人们对财富和特权有特定心理。

虽然我们都以竞争的动机,在我们各自的生活中奋斗——比如,是花时间帮助别人还是专注于自己的目标。心理学教授保罗·皮夫(Paul Piff)和他在加利福尼亚大学的团队表明,越富有的人越有可能为了追求自身利益而损害他人。研究人员对数以万计的参与者分别进行了数十次试验,发现参与实验者随着财富水平的提升,拥有特权的感觉也会提升,同情心和帮助别人的意愿则会下降。尽管这一趋势总有明显的例外——比如我们常说的亿万富豪慈善家。皮夫指出，从统计学角度来讲，随着人们提升至收入和社会层次的顶端，"先为自己着想"的倾向总是更强烈。[1] 在他的实验中，这一现象可能导致更多的自私和不道德行为——比如，通过作弊增加获胜的机会、支持工作中的不道德行为、违反交通规则，等等。

让我们分析以下两个实验。在第一个实验中，在人行横道上观察各种不同类型的汽车的司机。在90%的情况下，当看到行人过马路时，汽车司机都会停车——除了那些驾驶豪华汽车的司机。皮夫的研究发现，后者会直接驶过，而非等待行人过马路——46%的司机没有停车。在第二个实验中，研究者设计了一个类似强手棋（Monopoly）的游戏——某个玩家被赋予更多的钱（资源）以及骰子（机会）——并观察他的行为相对于另一个玩家的变化。在一场场的游戏之

---

[1] Paul K. Piff, "Wealth and the Inflated Self: Class, Entitlement, and Narcissism," *Personality and Social Psychology Bulletin*, Vol. 40, No. 1 (2014), pp. 34–43; and Paul K. Piff et al., "Higher Social Class Predicts Increased Unethical Behavior," *Proceedings of the National Academy of Sciences of the USA*, Vol. 109, No. 11 (March 2012), pp. 4086–4091.

后，皮夫和他的团队发现，被赋予更多资源的玩家发展出更为强烈的自我意识——变得更吵闹、更粗鲁，对其他玩家更不敏感。他就连拿饼干吃的时候，自我感觉都要比其他玩家好。

虽然贪婪对所有人都有影响，但是研究表明，这一影响在各个社会阶层中体现得并不一样。经济层次最高的人当中，拥有更多资源和独立性的人其行为受到的影响更为明显。拥有更多财富的人，可以更有效地处理不道德行为带来的"下游成本"（downstream costs），而减少依赖则可以使他们不太关心别人的评价。这两个方面的相互结合，可以提升贪婪和自我主导行为的能力。事实上，即便是在普通的人际互动中，这种自主意识也可以很明显地体现出来：实验表明，经济水平较高的人与社会环境更为脱节——经常随便涂涂画画或是玩手机，而且更加难以对他人的情绪进行识别和反应。[1]

行为心理学家由此得出结论，严重的不平等会影

---

[1] Michael W. Kraus, Stéphan Côté, and Dacher Keltner, "Social Class, Contextualism, and Empathetic Accuracy," *Psychological Science*, Vol. 21 (2010), pp. 1716–1723.

第五章 不平等的回归

响社会融合,并导致皮夫所说的"分层恶性循环"。[1]顶层的人觉得自己比底层的人更有价值,有更多的手段可以不依赖其他人,也让他们觉得自己不亏欠任何人。这可能有助于解释为什么富人往往在经济上更加保守,反对增加税收和公共支出。重复一遍:这些措施不仅仅是为了经济上的优势,在工作中同样也有心理因素——随着财富增长而增加的特权感。因此,这些心理因素可以使不平等现象复合化,因为经济等级在很大程度上取决于偏向富人的政策和对制度不成比例的控制。从他们的角度来看,这些人越来越不认为政府和领导人们会对其不利。社会的共同目标也逐渐消失。

但是这个故事同样也有积极的一面:我们的心理状态及伴随行为是可塑的。实验室的试验也表明,这一过程是可逆的。富人也让那些相对较穷的人感受到较少的特权感。此外,如果富人被要求列出与他人合作或平等相待的三个好处,他们之后实验中的特权感

---

[1] Paul K. Piff, "Wealth and the Inflated Self: Class, Entitlement, and Narcissism," *Personality and Social Psychology Bulletin*, Vol. 40, No. 1 (2014).

就会下降到与相对贫穷的人同样的水平。[1]这些结果表明,心理干预——科学家称之为"推动"——可能会减缓分层的恶性循环。这同样表明,正如哲学家伊丽莎白·安德森(Elizabeth Anderson)有力论证的那样,平等是一种社会关系,不仅仅是一种分配模式。[2]但是,这样的干预或者推动,需要配合公共政策和强调公平的新政治话语。

深化经济不平等是一个道德问题——它侵蚀了个人相互尊重的能力,削弱社会凝聚力。经济学家们已经证明了深入发展的经济不平等对经济增长的有害影响,社会学家和医学研究人员则阐述了其对健康结果和预期寿命的破坏性影响。政治学家则说明了它如何削弱公平的价值,而这也是自由民主的关键基础。

我将公正称为人的基础价值。但事实上公正的价值远不止于此,公正是所有灵长类动物的基础价值。在荷兰灵长类动物学家弗兰斯·德瓦尔(Frans de

---

[1] 参见皮夫的TED演讲, "Does Money Make You Mean?" originally broadcast on 20 December 2013. 参见https://tedsummaries.com/2014/09/05/paul-piff-does-moneymake-you-mean/

[2] Elizabeth Anderson, "What Is the Point of Equality?" *Ethics*, Vol.9, No. 2 (1999).

第五章 不平等的回归

Waal）进行的一项著名的实验中，两只卷尾猴被要求做例行的工作——给实验室工作人员送石头——以获得回报。在实验的开始阶段，猴子完成任务，得到黄瓜。它们很高兴，接下来又继续进行了25次甚至更多的实验，以得到更多的回报。但是在此之后，回报的标准改变了：猴子A在任务完成后得到一条黄瓜，猴子B却得到一把葡萄（对猴子而言是很丰盛的奖励）。第一只猴子开始很困惑，并迅速重复完成任务，看看它是否也能得到葡萄。然而，这样的区别对待一直持续，猴子A变得越来越愤怒，因为它每次只能收到黄瓜，而另一只猴子却能得到葡萄。它开始把黄瓜扔到实验室的工作人员身上，敲桌子，然后愤怒地摇着笼子。所有的这些都是因为不公平——同工不同酬——使猴子A变得绝望，最终导致暴力行为的出现。

在自由民主国家中，风险和回报总是相辅相成的。我们通过平等参与辩论和决策的权利结合在一起。公正已经进入了民主的DNA。当我们伤害基本和共同的道德基础时，我们也开始摧毁那些勇敢的个体——通过共同努力——一块砖一块砖奠定起来的基础。然而，在现代的自由民主政体中，愿意公开谈论公正的人太少，人们也不愿采取针对性措施，严肃地对待这一问题。中间派和左翼政党只是通过调整收入税，以及增强劳动力技能，对再分配政策进行轻微的调整。这些都是不错的主意，但也只是敲边鼓。目前政策所导致的，正如《卫报》的保罗·梅森（Paul Mason）所说，"是寡头的游艇与食品救济仓库共存"。[1] 如果我们不准备解决财富不平等的问题，我们就不会改变这一根深蒂固的、正在危害公正的模式。因此，研究不平等的经济学家提出了更为基础的再分配方案，其中就包括对私人财富进行累进税收，对房地产销售得到的收益征收反向遗产税，以及增加所有银行交易的透明度。

这些更大胆的解决方案，似乎与我们当代的政治阶级还有不小距离。然而最终，我们对社会存在的弊病，比如不平等的看法发生转变，需要在政治上进行更深层次的转型。在自由民主制度中，如果我们想要深度转变，首先就要从我们自己开始。这就是20世纪的历史所揭示的：个体站出来反抗不平等，要求更为平等的参与权，

---

[1] Paul Mason, "Thomas Piketty's Capital," *Guardian*, 28 April 2014. 参见https://www.theguardian.com/books/2014/apr/28/thomas-piketty-capital-surprise-bestseller

以及为了公正而抗争。今天自由民主国家面临的危机表明,我们需要重新阅读历史,更多地了解我们的社会是如何应对全球和国内挑战,以及为创造世界上最好的政治制度而进行的斗争。然后,我们需要把历史带入现在,并开始我们当代的斗争。

致谢

写作《历史的回归》的最初想法,源于我和老朋友CBC广播电台栏目《思想》制作人格雷格·凯利的谈话。他还指出了经济不平等带来的各种有害影响,包括加州大学伯克利分校关于行为心理学的实验发现。格雷格是这样的一个人——我希望能有更多人像他那样,充满创造力、幽默和善良,让所有和他一起工作的人都感到非常愉快。首先,我要感谢格雷格给我这次在梅西讲座授课的机会。

这次讲座和书的主题在不断演进,CBC的菲利普·库尔特也是重要的灵感来源。菲利普是一个真正的多面手,他热衷于描绘过去和现在之间的联系,也极富感染力。阿南西出版社(Anansi Press)的贾妮·尹,同样也帮助我探讨了本书中心论点的更多可能性。她是我合作过的编辑中最好的,也是最勤奋的:认真,并提出适当的要求——但对我总是支持的。有时候,我怀疑她担心我是不是能写完这本书,但是她从来没有显露出来!出版业一直在发生变化,贾妮的确是一笔难得而宝贵的财富。

若奥·拉巴雷达斯和鲁特格尔·比尔尼,是佛罗伦萨欧洲大学学院的博士研究生,他们并不只是我的研究助手,更是我在过去几年的思想伙伴。他们都理解——有时候比我理解得更深——《历史的回归》要表达的是什么,帮我进一步丰富了书中的内容,扩展了主题。他们同样帮助我整理了一些我的零星想法(经常在晚上通过电子邮件发给他们),让我可以进一步完善丰富,形成文章。我只是希望我对得起他们的辛勤工作和思想。对他们,我想说"非常感谢"(grazie mille)。

玛蒂娜·赛尔米,是我在"经济学人智库"(EUI)的好助手,在我为联合国工作、写书,同时还要开展研究的这紧张的一年中,她提供了很多帮助。她在我写作的日子里仔细地照顾我,对我的支持和帮助多到难以言表。

我最要感谢的是我的家人。我的孩子，埃莉和马克斯，他们在这一年没怎么和我在一起，还要忍受我每天关着门、霸占 iMac 在家写作。现在我要让他们看看妈妈的最终作品。我亏欠最多的是我的丈夫，弗兰克。很多个夜晚，突然之间一杯茶——或者一杯酒——就出现在我的桌子上。但是，弗兰克还让我生活的其他部分正常运转。"如果没有你我不可能完成这一切"已经是老生常谈，但是确实也没有比这个更确切的表述。他让这些不可能的事看起来可能。最重要的是，他让我笑口常开。

珍妮弗·韦尔什
佛罗伦萨，意大利
2016 年 7 月

作者简介

珍妮弗·韦尔什（Jennifer Welsh，1965— ），加拿大研究员、顾问、作家，研究领域为国际关系。她出生于加拿大萨斯喀彻温省雷吉纳市，在萨斯喀彻温大学取得文学学士学位，后获罗德奖学金，赴牛津大学继续学习国际关系，取得硕士、博士学位。现为欧洲大学学院（European University Institute）国际关系学系主任、教授，同时也是牛津大学萨默维尔学院（Somerville College）高级研究员，牛津大学道德、法律与武装冲突研究中心共同主任。她是多个组织机构的顾问。2013—2016年间，她担任了联合国秘书长保护责任事务特别顾问。此外，韦尔什也服务于加拿大会议局、麦肯锡咨询公司、阿斯彭研究所、加拿大政府网站。另著有《天下为家：21世纪加拿大的全球化视野》（*At Home in the World：Canada's Global Vision for the 21st Century*）。

译者简介

鲁力，国际关系专业硕士，"政见CNPolitics"团队观察员。

现代人小丛书

《培养想象》
– 诺思罗普·弗莱 _ 著

《画地为牢》
– 多丽丝·莱辛 _ 著

《技术的真相》
– 厄休拉·M. 富兰克林 _ 著

《无意识的文明》
– 约翰·拉尔斯顿·索尔 _ 著

《现代性的隐忧：需要被挽救的本真理想》
– 查尔斯·泰勒 _ 著

《偿还：债务和财富的阴暗面》
– 玛格丽特·阿特伍德 _ 著

《叙事的胜利：在大众文化的时代讲故事》
– 罗伯特·弗尔福德 _ 著

《必要的幻觉：民主社会中的思想控制》
– 诺姆·乔姆斯基 _ 著

《作为意识形态的生物学：关于 DNA 的学说》
– R. C. 列万廷 _ 著

《历史的回归：21 世纪的冲突、迁徙和地缘政治》
– 珍妮弗·韦尔什 _ 著

《效率崇拜》
– 贾尼丝·格罗斯·斯坦 _ 著

《设计自由》
– 斯塔福德·比尔 _ 著